La Dragonne et le Drôle

Damien Galisson

Illustrations intérieures
Tom Aureille

ÉDITIONS
SARBACANE
Depuis 2003

LA
DRAGONNE
ET LE DRÔLE

BANDE-SON

– RUSSIAN CIRCLES, *Verses*
– CONVERGE, *Wretched World*
– RADIOHEAD, *Reckoner*
– CULT OF LUNA, *Following Betulas*
– GOJIRA, *Dawn*
– BRUTUS, *War*
– HANIA RANI, *Live from Studio S2*
– NOSTROMO, *Selfish Blues* (acoustique)
– GOJIRA, *Flying Whales*
– RUSSIAN CIRCLES, *Station*
– JOE SATRIANI, *Down Down Down*
– GOJIRA, *Backbone*
– MY OWN PRIVATE ALASKA, *Just Like You And I*
– RADIOHEAD, *Last Flowers (From The Basement)*

À Cécile, Victor, Gaspard,
ma troupe.

« Alors Mordred saisit mieux le crâne du serpent et tenta de retrouver une musique, une seule, assez ancienne et magique pour que le monstre la prenne dedans le crâne aussi droit qu'un carreau d'arbalète. »

Justine Niogret, *Mordred*

« Elle n'aurait pas pu dire qu'ils étaient en parfaite harmonie avec elle mais ils fredonnaient vraiment dans le ton quand elle jouait. »

Anne McCaffrey, *Le Chant du dragon*

C'est à cause de moi
qu'ils les ont tués
tous.

Parce que j'ai chanté.

***

Sur le sentier tortueux, après trois jours de marche, entre deux ponts vieillots, Tanneur, qui me devance, la hache dans le dos, tourne vers nous sa trogne, sa barbe rousse et dense. Il désigne un écriteau :

Auberge de Cachemitte

– Chef, tu voulais dormir au chaud ? dit le guerrier.
– Pas con, faut voir, répond-il.
Ça fait deux nuits que Chef grogne contre les soirs glacés, et qu'il rappelle qu'on doit « fêter la fin de ce contrat ».
Il me passe la longe du cheval, qui porte nos frusques sèches, les gamelles et les cordes, et la grande toile roulée qui sait

rapidement se transformer en tente. La nuit n'est pas tombée. Comme la fraîcheur arrive, je vois Chef peser l'idée

d'une couche propre
un repas chaud
des verres d'alcool.

Tanneur, en bon guerrier, n'a rien contre l'idée d'une literie confortable.
Rody, silencieux comme ses flèches, ne donne pas son avis.
Moi je ne suis qu'un gosse, on ne demande pas le mien.

D'un geste sec du menton, Chef désigne la direction de l'auberge. Après avoir passé deux îlets de roches nues reliés par des ponts de cordages qui tanguent mollement au-dessus du vide, l'auberge s'offre à la vue.

C'est un rocher étroit, nu et oblique
qui flotte
dans l'air du soir.

Plantée à son sommet, l'auberge ramassée, trop massive pour l'île, étend sa toiture sur une architecture de pierres mal ébauchées.
Trois ponts squelettiques s'en vont de part et d'autre rejoindre d'autres roches, semées là au hasard, suspendues dans la brume. La bâtisse déborde la roche qui la porte, et pendant une seconde, je songe qu'avec nous quatre, et le poids du cheval, l'îlot pourrait

t
o
m
b
e
r,

se décrocher soudain comme une pomme de pin,
et plonger dans l'air froid,
à tout jamais.

– Ça sent les puces, renifle Tanneur, tâtant les planches du pont, des fois qu'elles puissent céder.
Rody, qui ne dit rien derrière sa capuche, souffle un coup par le nez, et s'engage à la suite de Tanneur et de Chef.
Pendant la traversée, comme je tiens le cheval, qu'il est lourd pour le pont, et que les planches grincent, je ne peux m'empêcher d'enfoncer mon regard dans le vide abyssal qui laisse voir, loin dessous, d'autres îles lointaines. Une gorge sans fond, béante et absolue, un frisson de vertige.
Du ciel sous mes pieds.

Enfin, je foule la terre.
Vrai, la bâtisse est moche :
maçonnerie de traviole,
toitures bariolées,
assortiment
de bardeaux gris,
de toiles molles et huilées,
de restes de ballons d'aéronefs tendus,
et tas de tuiles éparses.

Reste un fronton de pierre sculptée, vestige de guerriers Porses ; on voit leurs casques oblongs et, au centre, les armoiries des Ducs Topazes, une dynastie passée.

Chef pousse la porte.
J'attache le cheval, lui caresse le museau, contemple l'horizon ; l'immensité du ciel, encore teinté de rouge, résiste aux ombres qui s'étendent avec la brume. Elle remonte sous les îles, porte le vent nocturne.
Je rentre après eux.

L'intérieur est terreux, fumé par l'âtre étroit rarement ramoné, et par les exhalaisons brunes des pipes et des torches. Je cligne des paupières, pris dans la poix des lieux.

Malgré les jours de marche,
nous avons l'air bien propres
face aux nécessiteux
que semble constituer
l'aimable clientèle.
Des faces torves,
édentées,
des corps déguenillés,

et cette menace sourde,
de la lame, du gourdin,
du mauvais coup tramé,
au fond des prunelles ivres.

Les voici assis,
Chef, Tanneur, Rody,
et moi évidemment, qui glisse sur un banc
collant de crasse humide.

– Camarades, dit Chef, fêtons dignement la fin de ce contrat… comment le définir ?
– … merdique ? propose Tanneur.
– C'est le mot, entérine Chef.

Vrai. Une mission merdique. Mais surtout monotone. Nous avons escorté six charrettes luxueuses, afin de protéger la précieuse cargaison de riches négociants, qui craignaient les brigands, les coquins, les détrousseurs. Trois longues lunes de marche à suivre le convoi entre les grandes îles de Fénates et Dachès.

Sans l'ombre d'un brigand,
pas même un accrochage.
De l'argent trop facile.

Trop facile pour Chef, qui aime les défis. Trop facile pour Tanneur, qui aime la castagne. Trop facile, qui sait ? pour mon frère Rody, qui n'a même pas eu à décrocher son arc. Trop peu payée sans doute.

Derrière sa lourde table, Chef lève le bras. Un adolescent, un « drôle » étique et lent, demande d'une voix pâle :
– C'est pour boire ou manger ?
– Amène ta meilleure bière, et nous verrons plus tard pour ce qui est du repas. Est-ce qu'il reste des chambres ?
– J'crois bien, j'vais demander.
Quand le serveur s'en va, Tanneur ricane un peu :
– P'tain, il est empoté, hé, pire que toi, le drôle.
Chef me lorgne et se marre. Rody m'ignore. Je décrasse mes ongles.
Bientôt, une bière coupée de gnôle nous rince le gosier. Je ne bois que de l'eau, mais ils n'y ont pas pensé, et je n'ose pas demander. Je tousse ; Tanneur ricane.
Un homme dans l'auberge sort un luth court et simple, bricole quelques accords.
– Hé, Rody, vieux, tu chantes ? lance Tanneur, enjoué. Il se moque de mon terne frangin, qui ne dit jamais rien. D'ailleurs il se contente d'un sourire au colosse.

Moi, j'aimerais chanter.
Moi, j'ai onze ans à peine.
On me nomme le drôle.
Plus que tout, j'aime
chanter.
Je ne peux jamais le faire.
La place qu'ils me donnent
est celle des moins-que-rien.
Je n'ai le droit que de me taire.

Chef me ressert à boire. Il est de bonne humeur, et la lueur des torches fait briller ses yeux gris, sa face burinée. Il rit parce que la bière me donne le hoquet.
Chef et Tanneur s'esclaffent. C'est si rare ; je me prends à sourire. Finalement, puces ou pas, la soirée s'annonce bonne.
Rody, mon frère, lui, ne dit rien, mais peut-être rit-il en silence, sous son masque placide.

Et puis l'homme au luth court,
chante une chanson de filles.

Une
chanson
que
je
connais.

Je connais les accords, je connais les chansons. Avant d'entrer en guerre, j'ai appris la musique. Ma mère a laissé faire.

Et là, comme j'ai bu,
et que je ne bois jamais,
et comme j'aime chanter,
et comme je chante bien,
ma petite voix fluette,
claire et forte, nue et nette,
s'envole sur le refrain.

Comme une tache de beauté au milieu des soudards que sont Chef et Tanneur. Moi qu'on n'entend jamais !
C'est comme si la grâce était venue révéler de sa clarté intense la crasse des péquenauds de ce gourbi perdu.

Moi,
je chante,
je libère,
le temps
d'une chanson,
la pierre,
la tension,
qui me plombe
le bide,
et ma voix
s'amplifie,
comme un écho
joyeux.

Et je ne vois pas
que Chef s'est crispé sur sa bière.
Qu'il y a Tanneur qui bigle,
du côté des pouilleux,
des fois que l'un
se moque
et qu'il serre la mâchoire.
Que Rody,
ce grand frère qui m'ignore
me plante un regard
lourd, afin que
je me taise.

La chanson terminée, une atmosphère étrange tombe sur le tripot. Le luth est applaudi,

mais

les clients nous regardent. L'homme au luth se détourne, gêné par mes comparses ; pas un mot pour moi, qui l'ai accompagné.

Je me tourne vers Chef, encore tout étourdi de cette joie légère.

Il porte ce sourire forcé,
qui lui plisse les yeux, froissés
sa bouche tendue à droite, tordue
qui montre une canine pointue.
Ce sourire meurtrier qui présente une joie fausse,
qui cache une colère noire épaisse comme
du sang.

À cet instant précis, je ne sais pas encore que c'est moi, par mon chant, qui l'ai crispé comme ça.
J'ai bu
je ne vois pas.
Déçu que ça ne chante plus, je gobe le fond du verre, ce n'est que mon second, mais la tête me tourne.
Rody me lorgne en biais,
je lui offre une grimace,
il détourne les yeux.

Chef dit :
– On s'en va.
– Déjà ? je fais.
Nous n'avons pas mangé.
Tanneur souffle par le nez. Puis un gloussement le prend,
il fait
craquer
ses
doigts.

De ses grosses mains de guerrier, d'un coup sec, il claque sur la table. Si fort que mon verre tombe. Les autres clients se tournent vers nous. Et puis,
il se lève
et exige, de sa voix rauque et grasse, une compensation.

– La bière est dégueulasse,
je ne paie pas pour ta pisse.

L'aubergiste est râblé, des avant-bras puissants, une trogne de forban. Il frappe sur son comptoir, en réponse à Tanneur, et deux ou trois comparses, parmi les habitués, se lèvent en titubant. On retrousse les manches,
et un gourdin surgit,
puis une arbalète courte.

Tanneur ne semble plus saoul, il sourit comme un mufle ; je me suis levé vite, placé non loin de Chef. Celui-ci reste assis, il termine sa chope, l'air peu concerné.

Tanneur et le patron
se jaugent méchamment,
tout le bar est figé,
et Chef repose sa bière,
et se rote dans la main.

– Bien bien bien, dit-il avec bonhomie. Rody, vise-moi cette arbalète.
Sitôt l'arc se tend.
– Tu vois, le drôle, me dit Chef, se levant.
Et dans le silence, tendu, qui prépare la castagne, devant les hommes en colère, Chef
me parle,
m'explique,
comme à un apprenti,
à qui l'on donne un cours :
– L'arbalète a ce défaut qu'il faut la recharger.
Voilà qu'il imite un arbalétrier.
– Et la poser au sol, et enfiler son pied,
et tirer sur la corde,
enficher le carreau… Une arme de pauvre…
pire ! Une arme d'idiot.

L'arbalète le vise,
mais il crâne,
il parle,
il sourit,
il ricane,
gesticule,
mime la position
comme on tient un violon
en lorgnant
le tireur,
un maigrichon nerveux, couvert d'une capuche grise. Comme les autres clients, il ressemble bien plus à quelque braconnier qu'à un homme d'armes aguerri au combat.
– Tu vas baisser ce truc, coupe Chef, qui ne rit plus,
parce que, si tu me dégommes,
toi, le cul-terreux,
c'est la flèche de mon pote qui va te transpercer.
Sauf… si tu tires sur l'archer. (Il désigne Rody)
Mais le temps que tu recharges, hé… c'est moi qui t'égorge.

« t'égorge »
Il dit ce mot d'un sourire carnassier.
Le type à l'arbalète soudain semble douter.
Mais l'arme ne se baisse pas.
Et l'aubergiste gronde :
– Ou tu paies, ou t'es mort.
Chef baisse les bras, il semble rendre les armes, et puis il tire sa bourse.
Tous retiennent leur souffle.
Tandis que de ses doigts
il fouille dans ses pièces
fait tomber un carré d'or
une pièce de riche.

Et tous doivent penser
qu'il a bien les moyens
avec de l'or en bourse

ce serait con de se battre
autant manger ici
c'est bon, il va payer.

Mais mon cœur à moi s'est arrêté car

il
n'a
jamais
eu
l'intention
de
payer.

Un coup dans la table déséquilibre le tireur – le carreau part en l'air. Une flèche transperce l'homme – Rody vient de parler.
Quelques secondes à peine : Tanneur donne de la hache, Chef danse de la dague, deux types tombent, raides morts, puis un troisième enfin, car Rody tire encore.

Il y a Tanneur qui tranche Rody qui tire

un homme qui fuit Chef qui plante

un autre qui tombe le patron qui s'avance

un hachoir à la main moi pétrifié

une chaise qui vole un spasme

le rire de Chef qui enfonce sa dague
dans l'œil du tavernier.

Quelques secondes encore,
et tout est silencieux.

Il reste le gamin maigre,
qui tient son pichet.
Il regarde la scène,
la bouche idiote,
ouverte.
Pourquoi ne fuit-il pas ?

Tanneur l'agrippe d'une main,
lui cogne le front au mur,
le balance à mes pieds.
– Celui-là est pour toi, le drôle.
Montre-nous que t'es un guerrier.
Tu fais partie de la troupe ?
On est pas des chanteuses.

Étourdi, je me tourne vers Rody
mais
il regarde ailleurs,
il extirpe ses flèches
hors des corps avachis.

Chef me tend sa lame, la belle, sa dague longue.
Tanneur à ma gauche comme un mur.
Chef pose l'autre main, lourde, sur mon épaule.

Le reste je ne peux

pas

le

raconter.

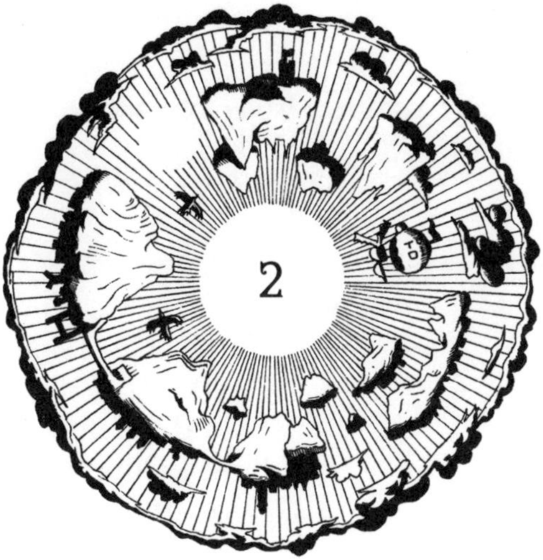

Et me voilà qui cours pour sortir de l'auberge. J'entends le rire gras de Tanneur dans mon dos.
Un brasier de bile jaune s'échappe entre mes dents.
Je me relève, tremblant.
– T'es con gamin, c'est que des ploucs, dit Tanneur.
Je me retourne sur le barbu qui, torche en main, détache la longe du cheval.
Derrière lui, Chef sort.
Il passe sous le linteau, le gros linteau de pierre, dont on ne distingue plus, dans les ombres, le bas-relief gravé.
Il essuie gracieusement la longue dague sanglante sur un chiffon rougeâtre. Celle que j'ai fait tomber.
Celle que je…

Chef me jette un regard qui se voudrait sévère, mais je saisis au coin à peine plissé de l'œil que mon effroi l'amuse.
Il se retourne :
– Rody !
Mon frère arrive enfin. Il termine d'enfourner une poignée de flèches dans son carquois défait. Le visage caché

sous sa capuche sombre, Rody replace son arc et puis rejoint Tanneur.
Sans
un
regard
pour
moi.

Il fait nuit. Il fait frais.
J'inspire une grande goulée,
pour chasser ma nausée.
Je regarde le lointain,
dans le vide, au-delà,
où flottent d'autres îles,
comme des taches d'encre noires
occultant les étoiles
tombées sur le parchemin du ciel.

La troupe plie bagage. La longe à la main, je reste à l'écart.
Le cheval hennit, je me tourne vers lui. Je pose la paume sur l'encolure, et mon bras cesse de trembler. Il pousse de sa grosse tête.
Chef s'approche, ouvre une boucle. Il place dans les fontes le butin de ce jour : quelques pièces carrées, une bouteille douteuse, un poulet déplumé.
Puis il revient vers moi et me tend un objet.
Je vois mal dans la nuit.
Il pose dans ma paume
l'acier lourd de la dague.

Chef me perce du regard.

– Elle est à toi.

Je sens, dans son ton, sa posture, quelque chose de solennel.
Il tourne les talons.
Mon poing se crispe sur le manche de l'arme
lourde
fine
tranchante
encore chaude
de ce sang
que j'ai répandu.

Une dernière convulsion me remugle la gorge. Les mains sur les genoux je m'approche du vide.
– Pas trop près du bord, le drôle.
C'est Tanneur qui ricane ; il passe dans mon dos, guide le cheval en direction du pont. Enfin il se retourne.
– Chef, on fait tout cramer ?
Il est heureux, Tanneur, il a bien rigolé.
Chef fait claquer sa langue, semble peser le pour,
et puis choisis le contre :
– Nan, ça rameuterait du monde.
Et les voilà qui partent, qui traversent le pont accroché à la roche pour s'enfoncer dans les ombres, happés par le bleu de la nuit
sans un regard,
pour les morts,
étalés derrière nous.

Après m'être ébroué, avoir essuyé de la main mes lèvres tremblotantes, je traverse le pont.
Je n'ai pas d'autre choix
que de placer mes pas
dans leur chemin sanglant.

***

Je marche
sans penser
presque
sans respirer
un pas
un pas
un autre
un pont
une île
une autre
des bouts
de terre
entre deux vides

jusqu'aux premières lueurs.

Sans une pause, parce que Chef pense que l'on va nous suivre, que les gens du coin vont chercher à venger la tuerie de l'auberge.

Pas loupé :
c'est Rody, l'œil toujours affûté, qui tapote l'épaule de Chef, et montre derrière nous un point noir dans la brume. Chef, sans dire un mot, désigne un abri proche en bordure de la sente. Nous taillons rapidement une saignée dans le hallier pour nous terrer sous de hauts champignons bruns. Peut-être des cortinaires…
– Tiens le cheval, le drôle.

Le drôle.
Ce n'est pas un nom, mais je n'en ai pas d'autre. Le drôle pour dire « gamin ».
J'ai eu un nom un jour, peut-être, il y a longtemps.
Je vois le visage de ma mère, sa bouche qui le prononce.
Mais je ne l'entends plus. C'était avant la guerre, avant qu'on nous emporte.

La guerre l'a avalé, ce nom. Comme la voix de ma mère.
Et la voix de Rody.

Trois courts aéronefs survolent les îlots, cherchent autour des ponts, s'engagent sous les îles. Mais la poignée d'archers qui nous passent au-dessus semble manquer de méthode. Ils n'ont pas de blasons, pas de couleurs sur les ballons. Autant dire, comme Tanneur,
des ploucs,
des peigne-culs.
Mais quand même,
nous restons à couvert,
sous les larges chapeaux.
Tanneur m'adresse un signe pour que je fasse taire le cheval. J'acquiesce. Au vu des embardées qui parfois les surprennent, ils connaissent mal les vents.
Les aéronefs prennent de la hauteur, bifurquent vers l'ouest, petites voiles carrées, qui attrapent le vent. Rody, arc à la main, les observe s'éloigner.
Le cheval doit sentir notre nervosité, il remue les pattes arrière, tente de m'échapper.
Chef agrippe les rênes, me siffle sèchement :
– Tiens-le, merde, le drôle !
Je me presse d'obéir, de calmer le cheval. Ne pas agacer Chef.

« Drôle » est un mot qui désigne une chose amusante
légère
distrayante ?
Pourtant rien dans mes gestes ne semble les faire rire,
quand je parle,
quand je marche,
quand j'accomplis mes tâches.
Ils semblent seulement tolérer ma présence. Je ne sais pas pourquoi.

Si,
pour Rody, sans doute.
Un archer remarquable.
Un tireur si précis,
qu'on peut bien s'encombrer
du petit frère malingre.

– C'est bon, ils décarrent, annonce Tanneur.
– Attends un peu, dit Chef.

Alors nous attendons, sous l'entêtant fumet qui source des lamelles des hauts chapeaux visqueux. Quand les barques volantes ne sont plus que des taches diluées dans les nuées, Chef nous fait un signe.
Je libère les yeux du cheval,
il secoue sa grosse tête,
je caresse son nez,
pour me faire pardonner.
– En avant la troupe, lance Chef.
Dans mon âme engourdie, un léger ricanement :
« la troupe », grand mot pour quatre types. Même pas quatre, à vrai dire : trois hommes, un gosse.

Mentalement, pour ma pomme,
je la passe en revue,
m'imaginant conteur,
raillant en quelques vers
mes valeureux compères :

Bataillon à lui seul, voici le vaillant

Tanneur,

qui porte comme un blason le nom du dur métier
qu'il exerçait avant.

C'est une grande carcasse chauve,
bouche mangée par une barbe
rousse dense et sauvage,
son regard en impose.
Ses nerfs sont comme rongés
par un feu continu ;
une méchante plaie
dans son regard tordu.
On ne s'approche pas
de Tanneur sans prévenir
sans quoi son sang de tueur
ne demande qu'à surgir.
L'artillerie, c'est mon frère, l'incroyable

Rody,

Il décoche ses traits plus vite qu'aucun homme ne saurait
les compter.
Plus nombreuses sont les flèches
qui volent de son arc
que les mots
qui franchissent ses lèvres.
Que l'on s'adresse à lui
il ne me répondra pas
Ça ne veut pas dire « non »,
n'en prenez pas offense.
Le silence est le son
dont il maîtrise la danse.

Le troisième homme,
en fait, le premier :

Chef.

Que tout le monde appelle Chef.
Sauf Tanneur qui, rarement, l'appelle : Hark.
Et Rody qui ne l'appelle pas.

Chef est un vrai soldat
sa chevelure grise
est portée au plus ras
Il est sec, sans couardises.
Il manie l'épée courte, un glaive sans prétention,
à coups secs, sans manières, pour tuer.
Il a fait plusieurs guerres.
C'est un vrai mercenaire.

Chef, Rody, Tanneur.

Le cheval et le drôle.

À brigander, de-ci de-là.
Louant leurs lames au plus offrant.
Offrant la mort aux moins chanceux.
Cherchant la guerre, car ça paie mieux.

– Tu traînes le drôle !

Je m'ébroue ; oui je traîne, je rêvasse.
– Pardon, Chef.
Le cheval broute sur le chemin, je laisse trop de mou, et puis j'ai somnolé pendant que nous marchions.
Toute une nuit de marche. Je suis éreinté, je sens sous mes paupières le poids de mille pas.
Tanneur m'arrache la longe,
il passe devant moi,
Rody reprend la tête,
Chef passe à l'arrière – gare à moi si je traîne.
Nous longeons une bordure, le vide infini dessous, et les vents qui me chantent une mélancolie froide. Ça ne ressemble même pas à un chemin ; Chef semble souhaiter s'éloigner des axes principaux. Quitte à se casser le nez sur une île sans pont (« une borgne » comme on dit).
– C'est quel comté ici ? demande Tanneur à Chef.

– Sais pas. On a quitté les terres Daches, les types d'hier n'en avaient pas l'accent.

Je vois que, comme moi, Tanneur aimerait connaître la destinée de cette marche. Et que Chef élude. Il nous fait suivre une sente perdue.
Tanneur grogne sur le cheval, à défaut de pouvoir le faire sur Chef. La bête de trait peine à trotter entre les racines et les troncs.
Je n'aime pas que ce soit Tanneur qui tienne la longe du cheval. Cet animal à la robe brune est le plus tendre d'entre nous.

Lui seul demande, sans en rougir
de son museau, quelques caresses.
Et sa bouche, ce nez doux
comme la peau d'une mère,
qui vous happe les doigts, pour une poignée de foin.

Devant, Rody lève le bras. Nous sortons des fourrés pour tomber sur le

vide.

Les îles en face sont loin.
Quatre portées de flèches,
rien ne semble les relier.

– Tanneur ! sors-moi les cartes, dit Chef.
Le guerrier me tend la longe, et vient ouvrir les fontes, sort les étuis des cartes.
Chef cherche les inscriptions sur les rouleaux, puis en débouche un. Tanneur, délicatement, pose au sol une étoffe, et Chef, consciencieusement, étale une première carte. C'est un rond de cuir fin, large comme une assiette. J'y distingue des îles dessinées à l'encre. Chef regarde la boussole, ajuste la position de la carte.

– On est en quoi ? Fin de saison molle ?
– Un peu plus, demi-venteuse.
Chef passe son doigt sur les inscriptions gravées sur le bord de la carte. Des glyphes simplifiés symbolisent les saisons. Il axe consciencieusement le côté « semi-venteuse » dans le sens de la boussole.

Car les îles sous nos pieds
bien qu'on n'y prenne garde
ne tiennent pas en place.
Elles se promènent dans l'air
comme le bois flotte sur l'eau
et voguent dans l'éther
selon leur cycle propre,
se croisent à telle saison
repartent vers le sud
ou reviennent plus tard.

Si j'en avais le temps, s'ils me laissaient faire,
je pourrais les chanter, leur composer des vers,
ces bouts de terre, de roche suspendus dans les airs.

Chef cherche parmi les îles griffonnées sur la carte.
Il manie ses rouleaux comme un trésor précieux, seul Tanneur est autorisé à y poser un doigt.
– Demi-venteuse, donc… on est là…
Chef pose un second rond de cuir, l'ajuste à la saison, juxtaposant les lignes droites en bordure de carte, si bien qu'on voit des grappes d'îles s'aligner.
– … Y a un chemin. On dirait.
Il suit du doigt une ligne entre les points. Grimace.
– On s'éloigne pas mal de la route, dit Tanneur.
– C'est l'idée.
Il remballe les rouleaux. Soigneusement. Boucle les fontes.
– On va vers l'est, ça castagne, là-bas, ça paiera. Mais avant, on tambouille un peu dans la cambrousse. Qu'on nous oublie. Si quelqu'un nous a vus sortir de l'auberge, trois hommes, un gosse et un cheval, ça se repère.

– Au pire on vend le bourrin, ricane Tanneur.
C'est une vieille blague entre eux,
quand les bourses sont vides.
Je n'aime pas cette blague,
j'ai très peur qu'ils le vendent.

Ils pourraient aussi dire :
« Au pire, on vend le gamin », parce que
à part nourrir le cheval
qui sait se nourrir seul
je
ne
sers
à
rien.

Pas bon pour tirer les flèches.
Pas bon pour cogner de la hache.
Juste bon à :
peler les lapins
glaner des racines
brosser le cheval
nettoyer les gamelles
remplir les gourdes
allumer le feu
affûter les lames
graisser le cuir
repriser les tuniques.
Après tout, c'est ce que font les apprentis
c'est ce que font les pages.
Je suis un apprenti.
J'apprends la guerre
la rapine
la démerde.

– Le drôle, hé, on décarre.

Je n'apprendrai plus
jamais
à composer des rimes.
Moins encore,
à les chanter.

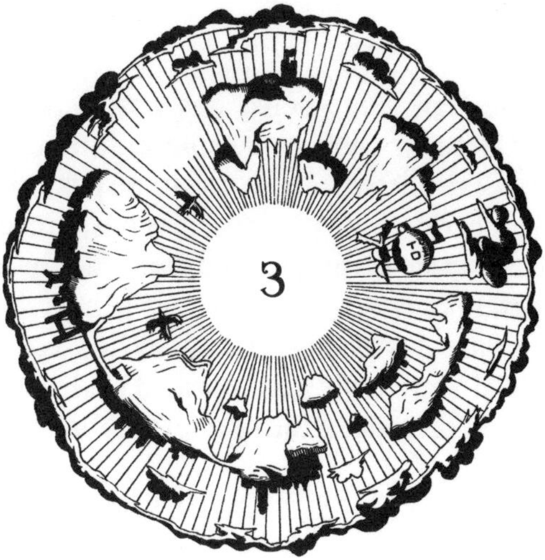

Alors que la nuit tombe, nous traversons le vide, sur un grand tronc couché entre deux petites îles. Le cheval n'aime pas ça, ce n'est pas comme un pont, pas plat sous les sabots.

Et comme je le comprends.

Le vide, vilain vorace,
semble happer le vent
aspirant au néant
vers l'infini puits du monde
sa grande gueule gloutonne
prête à nous engloutir.

Tanneur me dit :
– Le drôle ! de sa voix agacée.
Je l'agace, car

je « flotte »

je ne tiens pas en place. Je ne suis pas attentif.
Et pourtant je m'accroche comme je peux au cheval pour joindre l'autre rive. Pas plus que la grosse bête je n'ai vraiment confiance dans le tronc vermoulu à l'écorce glissante.

Le visage de Tanneur : celui des mauvais jours. Son expression butée est chargée de colère. Il maugrée, il trépigne. Je dois faire attention. Surtout, ne pas « flotter » s'il me donne un ordre. Si je ne l'entends pas, une gifle musclée va me remettre droit, les pieds au fond des chausses. Et puis Chef, lui aussi, souffle fort par le nez, il sait qu'on peut passer, que des ponts relient les îles, car ses cartes le montrent, il veut avoir raison, car il est le chef, merde. Mais on ne le voit pas, le foutu chemin, la damnée vraie route.

Et il n'est pas QUESTION
de faire demi-tour
de le suggérer
de commenter.
Alors qu'on sait TOUS
qu'on est perdu
qu'on s'empêtre
qu'on s'entête
à s'enfarger
dans les cent mille ronces et fardoches qui s'accrochent à nos frocs.

Et moi
je les agace, je suis crevé, je flotte. Je suis comme les îles.

Ça y est je suis passé.
Je tire sur la longe, le cheval me suit.
Certaines îles, par bloc, restent les unes aux autres, telles des grappes, retenues par des liens invisibles.
On les relie alors,
de ponts,
de passerelles
de pierre, de corde, de bois ou encore de racines.
Mais même relié ainsi
le bloc vogue,
s'en va, s'en vient.

– À ton tour Rody,
fais gaffe, l'écorce glisse.

Et les îles aussi
se déplacent
dans l'air
sur différents étages.

Les Hautes volent plus haut,
Les Basses circulent plus bas,
Les Indécises, dans leurs cycles,
montent et redescendent.

En quelques enjambées agiles,
le pas certain,
Mon frère traverse le pont.
Chef le suit de près,
rapide, court, efficace.

Je connais certaines îles, et leur calendrier :
Aria, Barcasse, La-Grue
croisent
Bouillotte et Queue-d'âne
à la saison des pluies.
Macache, Mandigue, La-Courte
où l'on élève des chèvres
et d'où l'on peut rejoindre les auberges de
Paqueline,
d'où partent tant de ponts, vers
Jabot, vers Plancarde
vers Ponante et Pichet.
Les îles Cases, les nomme-t-on.
C'est là que je suis né. Rody aussi.

Elles ont de drôles de noms, nos îles, comme moi…

– Et puis merde, y en marre, moi je ne vais pas plus loin.
Tanneur attrape la toile harnachée sur le cheval, tire fort sur les sanglons, si fort que la bête ose une petite ruade.
Je lâche la bride, recule.
– Quoi, tu vas pas plus loin ?
Chef vient de gueuler.
Tanneur ne répond pas. Il déplie la grande toile cirée, dents serrées, et je réalise que la nuit est tombée. Je ne dis pas un mot. Chef avance de quelques pas, hoche une tête nerveuse, je ne vois pas bien ses traits, il semble soudain vieux,

émacié,

entêté.

Lapidaire, il profère :
– Vous me faites chier.

Silence.

– Montez le camp. Pas de feu.

***

Hagards, au petit jour,

nous reprenons la marche.

Tanneur et Chef

mutiques,

sans parler de Rody.

Et cela

dure

six jours.

***

Chef dit :
– Ici. On se pose quelques jours. Pour de vrai.
Et Tanneur de répondre :
– Bonne idée.

Après six jours six nuits, errant entre futaies, taillis, à faire demi-tour, sur des bouts d'îles isolées pour trouver un chemin, nous voici
nulle part.
À faire un vrai bivouac. Enfin.

Contents de s'arrêter, car
la pluie,
froide, mauvaise, entêtante,
s'est attachée à notre déroute.

Je relie d'un bon nœud
les longues tiges ébranchées.
Tanneur pose une traverse
sur une croisée de troncs.
En six ou sept nuits
nous n'avons vu personne,
rien que de maigres huttes,
quelques taudis perdus,
– Envoie la corde le drôle,
on va s'attacher ça.
masures de boisilleurs,
qui, eux aussi ? se cachent.
– Serre fort le foutu nœud, gamin.
Là, c'est mieux.

Cette île n'a pas de nom. Je la nomme « Jachère », tant elle est recouverte de ces hauts arbres gris ; de vieux chênes et des hêtres, longs troncs, ramures larges, touffues à souhait pour se soustraire à la vue des aéronefs.
– Ne rêvasse pas, attrape le bout de la toile.
Tends, bon sang !

Loin des grandes routes,
loin des villes,
des villages,
des casernes, surtout.

Le bivouac est monté.

Rody est parti chasser.
Chef est voûté sur un tas de brindilles, pierre à feu à la main.

***

La tente,
sa large toile, vestige d'un vieux ballon, légère, imperméable, vaguement translucide, rapetassée à points serrés.
Nous voici sous sa voûte, savourant bruyamment la chasse de Rody ; deux lièvres à membranes, plantés au vol, que j'ai préparés.
Chef ronge un os pointu, une carte dans l'autre main. Il cherche le chemin, la route, la croisée, qui peut mener à l'Est sans suivre la grande route.
– Gamin, tu sais, 'tain souvent tu m'emmerdes, mais pour la boustifaille, quand tu veux t'es pas con.
Le compliment de Tanneur est lâché dans un rot, mais suffisamment rare, pour que je le prenne et le conserve.
Je fais un signe de tête. Vrai, le lièvre est bien cuit. Après six jours de bouillie froide, pas question de le rater.
Je digère, tranquille, les mains devant le feu.
– Chef, t'as trouvé la route ?
C'est le sujet qui fâche, mais Tanneur l'aborde sur le ton de la conversation.
– Je crois. Tu vois ce trait ?
– Pas une passerelle, y a trop de distance entre les îles.
– T'as raison, mais y a un trait. Je pense à un passage payant, en barcasse ou je sais pas quoi. Ça rejoint une grosse île, regarde sur l'autre carte, nan, celle-là.
Tanneur rapproche un morceau de cuir gravé. Tous deux s'y penchent, l'air absorbé. Rody se lève, passe derrière Chef.
– Celle ci, y a même un nom : « L'île-Grosse », dit Chef.
– Ça s'invente pas.

– C'est la même, j'ai raison ?
Il sait qu'il a raison, Chef, et il sait lire les cartes. Il veut que Tanneur comprenne qu'il maîtrise la situation, qu'il voie de ses propres yeux que c'est la bonne route, que ça ne fait pas de doute.
– On dirait. Ouaip, c'est la bonne.
– Bien.
Chef lâche la première carte, pose son doigt sur la seconde.
– Là ça reprend une route, qui se voit de plus loin. Une fixe.

Une fixe est un chemin sur une suite d'îles qui ne changent pas de direction. Une route, une vraie, carrossée et passante.

– Elle va vers l'est.
Chef prend le temps, tranquille, de replier les cartes. Tanneur se relève, fouille sur la carcasse embrochée au-dessus des braises.
– Remets du bois, le drôle. C'était la dernière bûche.
– Je vais voir dehors.
– T'en ramènes un peu plus. Que ça sèche pour demain.
– Oui.

J'enfile ma capeline,
encore lourde de pluie.

Un regard vers Rody.
J'aimerais qu'il propose un coup de main. Même sans ouvrir le bec. Qu'il me suive. M'accompagne. Pour ne pas être seul. Comme je marque le pas, il se tourne vers moi. Nos yeux se croisent. Il se détourne. Je sors.
Me voici dehors, une torche à la main, qui grésille sa graisse sous l'assaut des gouttes grasses. J'entends Tanneur, dedans, qui demande :
– Reste pas une boutanche de chez les culs-terreux ?
Et comme à chaque fois, le rappel de l'auberge, cette dague entre mes doigts, me glace de haut en bas.

Je m'enfonce dans le bois, j'accroche la torche entre deux branches
le temps de rapprocher les écorces,
les rameaux morts
les arbrisseaux tombés
toutes les tiges assez grosses pour faire tenir le feu.
Le bois est gorgé d'eau, peu de chances qu'il prenne. Aucune. La pluie a détrempé jusqu'à la moindre brindille. Ils sont au chaud, et moi au froid. Je ramasse une branche, la laisse retomber. Je ne demande pas mieux que de faire bien pour eux, mais pourquoi Rody doit-il m'ignorer ?
Je serre les dents et ramasse des branches, une pleine brassée.
Un mouvement dans les ombres. C'est le cheval.
Lui aussi est seul. Il doit avoir froid.

J'entasse ma ramée devant la grande tente, je vais vers le cheval. Lui caresse le museau. Il me happe les doigts. Mille dieux, qu'il est chaud dans ce froid. Je colle à son flanc ma poitrine maigrichonne,
je le sens qui respire,
et j'y sens son plaisir,
l'échange d'une caresse.
Sa crinière est sale, emmêlée, pleine de brins et de feuilles. Comme ma tignasse.
Je fais le plein de sa chaleur, alors que la pluie m'épingle sans pitié.
Je suis mieux avec lui qu'avec eux. Je reste une longue minute à absorber sa chaleur.
Un frottement sur ma droite.
La silhouette de Rody, qui a ouvert la toile.
Il me fait signe de rentrer.

Je le suis au sec.

– Gamin.

J'ouvre un œil sommeilleux. C'est Tanneur qui me parle.

– Ho, le drôle ! Tu les as trouvées où, les bûches, là ?

L'air est glacial, il fait à peine jour. Une lueur diffuse enveloppe la tente. Tanneur me dit autre chose que je ne comprends pas, et je réalise que le martèlement de l'averse avale le son de sa voix.

Je me redresse. Chef souffle sur des braises qui ont rendu l'âme plus tôt dans la nuit. Tanneur désigne le maigre tas de bois que j'ai rapporté la veille. Des branchettes humides.

– T'as pas dû aller très loin…

– Bah, il faisait nuit…

Chef secoue la tête. Il se tourne vers moi, l'œil terne.

– Va.

– Oui, Chef.

En m'extrayant de la couverture de laine, je suis immédiatement empoigné par le froid. L'air humide et glacé s'accroche à ma peau. J'enfile péniblement mes bottes, je passe la capeline, mouillée.

Rody, à genoux, graisse une lanière de cuir. Je cherche son regard, je ne sais pas pourquoi.

Je suis seul à sortir,
j'ai compris.
Pas un reste de viande, j'irai le ventre vide.
– Et, le drôle.
– Chef ?
– Du bois SEC.

***

Je suis seul. Dehors.
Le cheval ne bronche pas. Même son souffle est froid, tout est froid. Je cligne des yeux pour me réveiller.

Du bois SEC.
Sauf qu'il pleut.

Il pleut depuis deux jours. Même la plus grosse branche, le feuillage le plus dense est saturé de pluie.
C'est une guerre gagnée par :
Les grosses gouttes lourdes
froides
poisseuses,
qui forment des flaques sur le chapeau. Qui cheminent vers le cou, dégorgent sur la broigne, visitent le gambison, imbibent la tunique.
Les hommes, eux, bricolent sous la toile. Une toile épaisse, huilée, étanche.

Je fraie dans les taillis. Le froid me rentre dans le froc.
Frisson liquide,
insidieux,
sinueux.
Mon corps ne réchauffe plus l'eau qui me coule dans le cou.

Je dois me dépêcher.
Chef ou Tanneur va grogner. M'empoigner. Se venger

de la pluie par une grande gifle sur mon visage de môme insupportable. Se venger des chausses détrempées par un vilain coup de pied qui me mettra par terre. Il me faut du bois sec.

Mais rien

rien

rien

n'est sec.

Je soulève des branches, poisseuses
brasse des lits de feuilles, trempées
pour peut-être trouver, Qui sait ?
Un rameau épargné.

L'île, à côté, paraît plus grande, plus boisée, et j'aperçois ce qui semble, d'ici, être une falaise.
Un abri ?

Je longe prudemment, la bordure escarpée, tentant d'apercevoir, à travers le voile pluvieux, un passage ou un pont entre les deux îles. Je me méfie du bord, la terre se fait glissante et je sais la malice du vide ; je sais comme il a faim ; je ne serais pas le premier imbécile à faire une chute maladroite un jour de grande averse. J'ai déjà vu des hommes tomber, être happés par les vents. Leur cri qui s'atténue. Tomber à jamais, jusqu'à n'être plus rien. Je tremble à cette idée.
On dit que quand on chute, les enfers vous digèrent.

Si j'osais, je chanterais, pour me donner du courage.
Je n'oserai plus jamais,
faire vibrer mes cordes vocales.

Mais
chanter en silence ?

Sans ouvrir la bouche, j'entame une chanson :
La Complainte des rives,
où l'on conte les malheurs d'un pauvre naufragé, condamné à tourner sans découvrir de pont.
– Ha !
En voici un pourtant ! Je m'approche, joyeux. Le pont de pierre usé rejoint les deux terres où l'écart est moins grand.

Prudent et attentif, je m'écarte pour jauger la solidité de l'ouvrage. Grosses pierres de taille, contreforts qui descendent bas contre la roche. Cela semble solide.

M'avançant, je défie le vide,
d'un glaviot insolent,
qui se mêle au déluge.

La pluie me bat le dos alors que je traverse. Le pied mal assuré sur les pavés glissants, je compte douze pas. Ça y est, je suis passé.
Je lève le nez.

Et
tout de suite
je la vois :

la grotte.

Tirant sur ma capuche, j'avance plein d'espoir.

Elle se dévoile à mon regard à mesure que j'approche. L'entrée de la cavité est relativement haute, je pourrai m'y abriter.

Du bois mort dans l'entrée.
Protégé de la pluie.

Des branches
Sèches.
Bois
Sec
SEC !

La victoire me fait battre le cœur, me monte le sang aux joues. Je vois déjà
le sourire de Chef
le respect de Tanneur.
Et Rody qui ne dit rien, mais qui pense que je suis un bon apprenti
qui sait trouver du bois,
du bois sec sous la pluie.

D'un pas leste, je m'abrite. J'aimerais crier de joie, je reste vigilant.
La pluie me cache l'odeur
de l'ours ? Du loup ? De l'ogre ?
Qui peut-être se terre
dans le trou de cette île,
dans l'entaille de sa roche.
Attendant qu'un mioche
recherchant des brindilles
approche sa trombine.

J'avance dans la grotte, attentif au danger.
Je sors mon coutelas,
à peine un bout de lame.
J'ai laissé la longue dague cachée au creux des fontes. Plutôt être avalé par un ogre ventru que de reposer la main sur cette arme maudite.

La grotte.

Comme une grande bouche
Ouverte sur les bois
Criant sa rage froide
Prête à claquer ses dents.
Ça y est je suis dedans.

Une cavité béante dans la pierre. Une blessure, comme si un géant avait planté un pieu
et l'avait retiré.
Le trou semble profond. Je me demande s'il est possible qu'il traverse l'île. Et si par-dessous, plus loin, on voit le vide.
Tout de même j'avance, tout môme que je suis, petit pleutre poltron, mais piqué par une curiosité qui dépasse mes peurs.
J'aimerais que la lame bien serrée dans mon poing me donne à cet instant la force d'un guerrier. Une foulée de plus.
Je suis dans la gueule
de pierre
qui va se refermer sur moi…

Non.

Même si c'est profond, il n'y a rien de plus.
Ma peur s'en va.

Je repousse ma capuche.

De retour dans l'entrée, j'entasse et je fagote le bois sec sur mon dos, protégé par ma tunique. C'est lourd, mais je suis fort. Un regard pour le déluge dehors : je ressors de la grotte, lourd de mon butin, un sourire en coin.

Une enjambée à l'extérieur et la pluie me rappelle à son acharnement. Je pivote pour sonder une dernière fois les ombres de la grotte,

BOUM

un coup.
Derrière moi. Dehors.
Si fort que mes jambes vacillent.

Un « boum » colossal
qui me compresse les poumons
une seule fois

et si fort que je ne sais pas
si je pourrai respirer à nouveau.

Le sol tremble, je me retiens.
L'île a pris une secousse.
Un arbre tombe, long chêne déraciné. Un craquement – et sa cime vient me fouetter les pieds.

Je me retourne.

Un dragon

colossal

s'est écrasé

dans la forêt.

5

Un dragon.

Une masse,
une montagne,
au moins une colline
et de chair et d'écailles
qui vient de s'échouer
dans la clairière
à mes pieds.

Sous la pluie qui se fout même du sort des dragons.

Ses écailles noires, larges comme des mains d'homme, brillent d'un violet sombre. Sa tête plus haute qu'un cheval s'est écrasée contre la roche. Sa corne droite et claire, plantée sur son front, est assez longue pour embrocher trois hommes.

Est-il mort ?

Incertain, palpitant devant cette incroyable masse aux ailes repliées, j'esquisse un pas, timide, prudent, un seul.

Un œil s'ouvre,
immense.

Mon cœur cesse de battre,
et claque dans ma poitrine comme tonne la couleuvrine.

Il a ouvert un œil, la paupière translucide,
une braise rougeoyante vibre dans sa pupille,

et mes mains tremblent tant !
Ça cogne dans mes artères, si fort qu'il doit l'entendre.

Quelques secondes ;
me voilà
pétrifié.

L'œil
m'a
vu.

Un souffle, un relâchement. La paupière retombe, plus large qu'une rondache.

Tremblant un peu, je ramasse mon bois. J'hésite à sortir de la grotte. Va-t-il rouvrir l'œil ? Il est juste devant. Je serre mon fagot et plonge sous la pluie sans plus sentir le froid. Je contourne le dragon.
Je quitte ce moment, je quitte ce rêve fou.
Une fois à bonne distance,
alors que l'air revient abreuver mes poumons,
je me trouve, comme saoul, sous l'averse puissante.

Je pose mes yeux mouillés sur le dragon colossal.
Et je ne sais pas pourquoi
je ressens comme un chant
mes yeux à moi me chantent

devant ce corps gisant,
pas le dragon, pas *il*,
mais

E L L E.

La pluie d'eau roide m'étreint alors que je m'éloigne, et dans ce déluge glacé retentit le claquement d'une flèche qui se plante. À quelques pas de moi.

Un trait
un autre
puis trois,
puis dix.

Une pluie de flèches.
Dans le sol elles se fichent, rebondissent contre le corps du dragon, se plantent autour de sa masse, autour de moi. Des traits noirs comme la mort. Je cours pour leur échapper. Paniqué, je lève les yeux.

Sous la chape du ciel gris se découpent trois ombres : les carcasses pesantes d'aéronefs de guerre. Cuirassés de bois dur aux fers d'angles grossiers, portés par des ballons beiges et rouges, guidés par d'amples voiles, et tant de cordages tendus.
J'ai peur qu'ils me découvrent. Ils ont déjà tiré, ils pourraient me tuer. Dans la confusion, je recule encore, dérape

dans la boue, m'abrite sous un arbre. Un autre dard de mort se plante non loin. Depuis ma cachette, le cœur mordu de peur, j'examine les navires. Ce n'est que lorsque je vois un casque surgir au coin d'un bastingage que je conçois la taille de ces foutus rafiots. Les vaisseaux sont immenses.

Alors la panique

m'avale.

Repoussant la torpeur, je cours face à la pluie, glisse dans la boue molle ; mon souffle derrière moi peine à rattraper mes bronches.

Mes jambes cavalent jusqu'au pont, traversé d'une traite, et je suis persuadé que les flèches vont m'abattre. J'ai si peur qu'à chaque pas je crois sentir la brûlure du fer qui me clouera sur place.

M'ont-ils seulement vu ?

Sur l'île Jachère je m'enfonce à couvert, je trébuche encore, et cette fois m'affale entre les racines, contre le lit mouillé des feuilles, et je rampe et me terre, dans un taillis épais.

Je serre dans mes bras le gros fagot de bois.

Et j'attends que mon cœur
mon souffle
mon cerveau
cessent de chavirer.

J'attends que la peur daigne relâcher les crocs qu'elle a plantés en moi. Une longue inspiration. Je passe la main sur mon visage, chasse la pluie de mes yeux. Guettant à travers du feuillage, je vois descendre lentement les longs aéronefs, floutés par le rideau de pluie. Comme des ombres, ils ont cerné le dragon, au moins trois gros vaisseaux,

aussi massifs que la bête.

Je ne suis qu'un insecte, dans cette lutte de géants. Je recule, rampant. Je dois rejoindre Chef. Lui, il saura quoi

faire. Mais j'hésite à sortir. Je perçois des mouvements : des silhouettes, des guerriers, descendent par des cordes. Aucun ne vient dans ma direction, heureusement.
Je plisse les yeux, les observe :
    je ne connais pas ces armoiries,
    ni ces longues capes de blanc,
    ces épaulettes rouges.
Ce ne sont pas les soldats que j'ai vus sur Dachès (la grande ville la plus proche), qui portent des pourpoints courts, des casques à crêtes vertes.

Les battements de mon cœur retrouvent un rythme constant. Ce n'est pas moi qu'ils cherchent. Ils viennent pour le dragon.
Je repense à cet œil.
Ce grand regard sur moi.
Je me secoue.

À pas feutrés, presque couché, je quitte mon fourré.

***

Soulagé de rentrer, je dépose le bois sec aux pieds de Tanneur.
J'accroche ma cape détrempée. J'ouvre la bouche pour dire : les soldats, le dragon. Mais le guerrier roux me toise avec son air mauvais.
Chef est sorti.
Et je croise le regard de Rody, qui semble mal à l'aise.
Tanneur me bigle méchamment, puis ramasse mon bois,
mon bois sec,
le bois de la grotte
de ma grotte
et l'entasse. Il n'allume pas. Il ne dit rien. Je ne dis rien. La dragonne, les soldats, les aéronefs, tout reste au fond de ma gorge.

Je ne sais pas pourquoi.

Tanneur ne m'a pas quitté des yeux.
Je n'aime pas son air.
Je n'aime pas son air, car je le connais,
cet air-là.

Cet air qui erre de mauvaise manière. Manières nerveuses nuisibles nauséeuses, ses doigts agacés, sa mâchoire crispée,
cet air là.
– Tu foutais quoi ?
Moi, j'ai peur de ses coups,
alors
je bredouille
– Il pleut…
je bégaie
– J'ai dû aller loin pour trouver du bois sec, je…
m'embourbe
je chuinte un « pardon »
m'enlise pour de bon
en essayant d'éviter ce regard
qui me cloue.
Je devrais le leur dire : les soldats, les vaisseaux. J'en tremble encore. Mais je ne peux pas partager le dragon. Pas avec eux.

Du coup,
je mens, en ne disant rien.
Pas un mot sur
le dragon.

La grande carcasse de Tanneur s'approche de moi, les mains pendantes, les doigts lourds.
Lourds de la pluie qui lui a tapé sur les nerfs

toute la satanée semaine
qui lui a tanné le crâne
scié l'esprit.
C'est accablant, lourd comme du plomb, ça lui descend, ça s'accumule, là dans les doigts, cette colère qui sourd au fond de ses paumes.
Il va bien falloir qu'il s'en débarrasse. Qu'il se défoule.

Je ne bouge pas,
je regarde Rody qui ne regarde pas
et ne regardera pas.
Il allume le feu, nous tournant savamment le dos. Il suffirait qu'il dise un mot. Que c'est un miracle, un putain de miracle, de trouver du bois sec, sous une pareille averse. Tanneur m'attrape par la tunique, je me dis « c'est parti » et

Chef entre dans la tente, visage tendu sous sa capuche détrempée.

– Aéronefs. Fermez-la.

D'un seul mouvement,
une hache
un arc
un glaive
sortent de leurs fourreaux.

Et moi, cœur battant, je reste là, épargné.
Pour le moment.

– Éteignez-moi ce feu !
Il chuchote fort.
Tanneur attrape des poignées de terre, couvre les braises rapidement.
– Aéronefs, marchands ?
La bouche de Chef se tord :
– Navires de guerre. Des Pâles.
À la tête de Tanneur, je devine que ce n'est pas une bonne nouvelle. Les Pâles. Ça ne m'évoque rien. Chef, quelques instants, contemple son glaive court.
– Rody, tu sors. Tu ne tires pas. Reste en embuscade. Ils vont peut-être passer au loin.
Rody hoche la tête, enfile sa capeline. Il sort seul, arc en main.
– Le drôle, tu me couvres les yeux du cheval et tu reviens. Ce n'est pas le moment qu'il fasse du bruit.
J'acquiesce.
L'ondée me submerge dès que je mets le pied hors de la tente. Rody a déjà disparu, avalé par les branchages. Le cheval me donne un coup de nez. Je ne peux m'empêcher de guetter le sous-bois, à l'affût de ces guerriers. Je couvre

les yeux du hongre d'un tissu et le noue sous son menton.
Je me hâte de rentrer.

À l'intérieur,
Chef et Tanneur sont postés de chaque côté de l'entrée,
arme en main.

– Cale-toi dans un coin et boucle-la.
Je fais ce qu'il me dit, et puis nous attendons.
La tente se fait rincer.
Quelques gouttes clapotent à l'intérieur, aux jonctions.
Le moindre bruit, dehors, me fait penser à des pas qui s'approchent.
– Merde, j'aurais dû sortir, je ne vois rien, ça m'agace, chuchote Tanneur.
Chef ne répond pas.
– Et puis des Pâles, ici ?
– Je n'en sais rien, Tanneur, répond Chef, dents serrées.

Nous attendons longtemps.
Longtemps.
Et puis nous attendons encore.
Rody est seul dehors, caché on ne sait où. J'ai peur qu'il se fasse tuer.

C'est sa voix qui brise le silence dans la pluie.
– Chef, Tanneur, sortez. Ils sont là. Nombreux.

Des semaines que je n'ai entendu le filet
de sa voix.
Il n'a pas dit mon nom.

Chef pose la main sur l'épaule de Tanneur :
– On la joue en finesse.

Ils sortent.

Je reste seul, dedans.
J'ai peur pour Rody.

La voix de Chef, forte et claire dans la pluie, brise le silence:
– Messieurs, bonjour, dit-il.
Je connais ce ton-là. Cette voix que prend Chef: courtois, poli, sournois.
– Si j'avais su que j'entrais dans les îles Pâles, je me serais fait connaître de votre autorité, dit encore Chef.

Ils ne répondent pas.

Il reprend d'une voix forte, qui se veut apaisante.
– C'est une chance pour nous de croiser votre route. Nous sommes nous-mêmes des hommes d'armes, nous cherchons une noble bannière pour employer nos bras. Notre prix est convenable.
Un homme lui rétorque sèchement:
– Des hommes d'armes ? À vos nippes, on croirait plutôt des braconniers.
Chef a un petit rire.
– Que voulez-vous, courir les bois rend le guerrier crasseux ! Néanmoins, nos lames sont affûtées, et ce serait un honneur, si vous cherchez des hommes, de nous mettre à votre service.
Je ne peux pas le voir, mais je connais sa gestuelle quand il présente sa troupe, une main sur la poitrine, sourire faux accroché sous son nez:
– Je suis Hark, aussi agile en fantassin qu'en cavalier, Rody, notre archer, peut toucher un œil à plus de quarante pas,

Tanneur, avec sa hache…
L'homme le coupe:
– Le gamin, où est-il ?

Le gamin.

Moi.

Ils me cherchent.

Chef brise le malaise d'un étonnement enjoué:

– Quoi, vous cherchez le drôle ? Hé, le drôle, sors de là ! C'est notre palefrenier, un gamin empoté.
Je sors immédiatement, les bras en l'air devant les carreaux d'arbalètes pointés sur moi.

Sur Chef, qui sourit.
Sur Tanneur, crispé.
Et Rody, arc baissé.
Qui me dévisage, l'air hagard.

Plus de quinze arbalétriers, à cinq pas, sur deux rangs, en arc de cercle dans le sous-bois. Voir Rody à leur merci me glace.
L'homme qui parle, le seul à ne pas tenir d'arbalète, porte une épaulette de métal ouvragé sur sa tunique écrue. Leur chef.
– Ce gamin traînait il y a peu, sur l'île, à côté.
Le type me transperce d'un air inquisiteur.
Chef se tourne vers moi.
– Qu'est-ce que tu foutais là-bas ?
Je bredouille :
– Je cherchais du bois sec, Chef. J'ai eu peur en voyant les navires.
Chef soupire et adresse à l'homme un regard entendu.
– C'est donc pour ça qu'il a tant traîné. Faut dire qu'il est benêt, et qu'il a rarement vu autant d'aéronefs. Il vous a dérangé ?…
Le capitaine crache.
– Ce n'est pas la question.
Il me poignarde du regard.

J'ai sans doute vu
ce qu'il ne fallait pas voir.

Le dragon.
C'est le dragon que je n'aurais pas dû voir.

Ils vont nous tuer.

Le sergent lève le bras. Les arbalètes se tendent.

Je frémis. Chef me jette un regard plein d'incompréhension.

Je ferme les yeux.

– Repos, escouade !
Une voix râpeuse, une voix de femme. J'ouvre les yeux, baisse mes bras tremblants.
Une femme est là, habillée tout comme eux. Sa tunique blanche bordée de rouge est trempée par la pluie. Mais son plastron de cuir est gravé de lettres d'or. Elle retire la capuche qui la protège de l'averse. Ses cheveux sont gris et courts, son visage maigre, sa peau creusée de quelques rides. Elle a le même âge que Chef.

L'air plus sévère encore.

Elle s'adresse au capitaine :
– Vous avez notre fuyard ?
– Oui, générale. C'est ce gamin.
Son œil vif me transperce, puis parcourt notre bande.
– Des mercenaires, note-t-elle sèchement.
Chef hoche la tête, bref et sec, lui aussi.
– Je proposais justement nos services au capitaine, dit-il.
Voix grave, forte. Il ne fait plus le mielleux. Il sait reconnaître l'autorité, la vraie.
– J'ai combattu contre les Pâles, il y a longtemps, reprend-il.
La femme le transperce de ses yeux clairs.
Mieux qu'un trait d'arbalète.
– Tiens donc ?
– Je faisais partie des Phalanges des îles Tharphages. J'ai subi une de vos charges de triçops, bon sang, j'en tremble encore. Ces grosses bêtes à cornes ont enfoncé nos lignes comme une masse !
Il le dit avec l'ombre d'un sourire, l'œil plissé.
– Vous êtes de Tharphage ?

La femme semble le jauger. Quoi que Chef ait pu faire sur cette île que je ne connais pas, cela nous soustrait, pour quelques instants précieux, à la morsure du fer.
– Tharphage, confirme-t-il.
Elle s'avance vers lui.
– Et vos compagnons ?
– Tanneur est de Phoss ; un bon manieur de hache. Rody vient des îles Cases, ainsi que le gamin. Je jure sur tous les morts que Rody est le meilleur tireur que j'aie jamais rencontré. Ce serait dommage de ne pas faire usage de son art.
Le visage de la générale est un bloc de marbre.
– Que faisait ce gamin sur l'île voisine ?
– Il cherchait du bois sec.

La femme me fixe, moi, puis Chef.
Jette un œil en coin au capitaine.
Laisse peser le silence.

L'image de la dragonne, son œil brûlant, me revient. Cette femme a dû la tuer.
– Le gamin sait-il tenir sa langue ?
Je vois que Chef cherche à comprendre, mais il répond aussi sec.
– Celui-là ? Il ne parle pas, pour ainsi dire. Et moi, je sais tenir ce gamin.
– Bien. Capitaine, on plie. Laissez-les aller.
Elle montre Chef du doigt. Petite main, fine et ferme.
– Savez-vous pourquoi je vous laisse partir, Hark ? Nous n'avions pas de bardes lors de la prise de Tharphage, pas de témoins pour conter la débâcle. Peu en sont ressortis.
Elle appuie un regard sur la face de Chef comme on larde un ennemi. Elle s'adresse à sa troupe.
– Celui-là sait la force que l'armée Pâle inspire. Il ne sera pas un problème. Et il nous en évitera, à lui seul, un certain nombre, s'il conte de la prise de Tharphage aux gamins comme celui-ci.
Avant de tourner les talons, elle me jette un regard comme un dard. Puis elle disparaît dans les ombres du bois.

– Ça va, dit le capitaine à ses hommes.
L'atmosphère se détend.
– Vous cherchez du boulot ? demande le soldat. On aura peut-être besoin de bras.
Il renifle.
– Nous allons nous ravitailler à Coupelune. Faudra vous y rendre à pied, les nefs sont pleines, on ne peut pas vous embarquer. Arrivé là-bas, dites que vous avez vu le capitaine Narch. On paie bien.
– Merci, capitaine, dit Chef. Nous partons pour Coupelune dès demain.
– C'est ça. Dans tous les cas, ne restez pas ici. J'enverrai une barque vérifier. La générale Gerfaut ne plaisante pas avec les fouineurs.
Chef hoche la tête. Il ne quitte pas des yeux la direction prise par la générale.

Les hommes repartent sans bruit,
et nous restons là,
debout sous la pluie
jusqu'à ce qu'un aéronef,
ombre noire sur le ciel, passe au-dessus de nous.

***

Sitôt entrés sous la tente, Chef dit :
– De la place !
Je pousse le barda, il s'essuie de la pluie à la hâte, Tanneur cherche une torche en grommelant, Rody frotte le briquet contre une étoupe pour l'allumer.
Chef se tourne vers moi.
– Tu as vu des aéronefs, sur cette île ?
– Oui, Chef.
– Mais tu es idiot ? Donner l'alerte, ça ne t'est pas venu à l'idée ?
– Je n'ai pas eu le temps, je…

Une gifle me cuit la joue.
À m'en faire tomber.
Le visage me brûle.
Pas un regard de la part de Rody. Pas un seul.
Je l'ai déçu. Une fois de plus.

– Et qu'est-ce que tu as fait, là-bas ? reprend Chef, regard inquisiteur. Qu'est-ce qui a bien pu les énerver comme ça ?
– Je ne sais pas, j'ai rien vu, ils avaient l'air de poursuivre quelqu'un.

J'aurais dû le dire. Oui. Pour les aéronefs.
Mais pour le dragon, je ne dirai
rien.

Chef me fixe, puis secoue le bras comme on chasse une mouche, sort l'étui des cartes, défait les liens, sort les précieux ronds de cuir. Tanneur de grogner :
– Comment on a pu rater ces empaffés ? Foutues arbalètes de lâches !...
– Silence ! Je cherche la route, dit Chef, agacé.

Je vois Rody nerveux, son arc ne quitte pas sa main.
Je cherche son regard. En vain.
Je serre les dents pour ne pas pleurer, ma joue me lance.
Chef trouve la bonne carte. À genoux, il la déroule. Elle est large comme une table, cuir fin gravé de mille points, de mille droites.
Il pose le doigt sur un point.
– On est là.
Il cherche dans les autres cartes, les plus petites où sont représentées les îles qui se déplacent.
Par-dessus la grande carte, il en pose une.
– Ça, c'est les îles du dessous ? demande Tanneur. On doit pouvoir redescendre.
– Je sais, mais faut que je l'axe selon la saison.
Il la fait pivoter, puis dépose un autre rond de cuir couvert d'îles peintes à l'encre

comme de petites taches brunes,
fait pivoter une carte
s'entrecroiser des droites, des points
puis en ajuste une autre, ajoute un troisième
rond, tavelé d'îles serrées.

J'ai fini par comprendre comment ces cartes se lisent. Certaines îles ne bougent pas, elles apparaissent sur la grande carte, et pour savoir où se situent celles qui se déplacent, on pose une petite carte sur la grande, un axe y est pointé, et on fait pivoter selon la saison. Ainsi peut-on connaître la position des îles.

– Rody, rapproche la torche. Dit Chef.

Il laisse glisser son doigt,
trajectoire chaotique,
finit par déclarer :

– Là ! Coupelune.

– Attends, Hark…, dit Tanneur, qui repousse de la main les cuvettes de pluie qui se forment au-dessus de la toile. On ne va plus à l'est ?

Rody semble aussi attendre la réponse.

– Non, on va retrouver ces foutus guerriers, dans leurs foutus aéronefs.

Tanneur marque un arrêt.

– Hark, dit-il, pas fort. T'es sérieux ? C'est… des Pâles.

D'un ricanement sec, Chef acquiesce. Puis enroule ses cartes et les enfonce dans les fontes, suspendues à une branche.

– Oui, les Pâles. C'est du turbin, ça. Ils paient bien, il a dit. Et il y a bien un truc qu'ils doivent me payer.

Cette histoire de triçops. C'est bien la première fois que j'en entendais parler, pourtant ils n'ont de cesse de vanter leurs batailles.

Chef se tourne vers moi.

– Toi, tu vois des soldats, tu avertis ta troupe. T'es pas foutu de penser en soldat. Tu ne manges pas, ce soir.

Je baisse le menton.

Je n'ose pas me relever,
et je reste là, sur mon cul,
tout le soir,
tandis qu'ils mangent.
Et m'ignorent.
Rody aussi.

Puis ils se couchent.

Je prends le premier tour de garde
sans qu'on m'ait rien demandé.

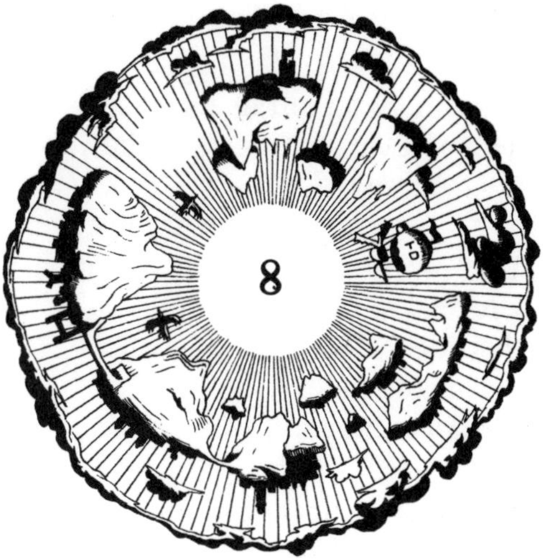

Lendemain du dragon
Lendemain de la grotte
des Pâles et des flèches,
Chef veut repartir.

Je proposerais bien d'aller chercher du bois, je crève d'envie de voir si le dragon est encore là. Vivant. *Vivante. La dragonne.*
Pourtant je me tais. Ils ne m'ont plus rien demandé. La gifle me chauffe encore les joues. Je me demande si ma pommette est bleue. Si je pouvais attraper le petit miroir de Chef, qui lui sert à se raser, je saurais.

Tanneur défait les nœuds de la toile sur les branches, les cordes sont trempées, il doit mettre les dents. Chef attache les sangles sur le dos du cheval.
Rody me tend les gamelles sales.
Je fais mine de partir les rincer.
Chef dit, sans même me regarder :
– Ça ne sert à rien, le drôle. Une bonne journée de marche, on sera à Coupelune. Tu rinceras tes gamelles là-bas.

T'aurais été malin, tu les aurais mises sous la pluie, hier.
Je dis oui, de la tête. Je n'ouvre pas le bec.

C'est vrai, il ne pleut plus.

Après s'être terrés,
sur ces îles perdues,
loin des routes principales
suite au coup de l'auberge,
il faut aller bien vite,
se ruer vers la guerre.
Accourir à grands pas
pour servir ces soldats qui nous visaient hier.

Je ne pourrai
pas
revoir le dragon.

– En route vers le trimard ! dit Chef joyeusement.

Du trimard, du turbin,
du labeur, du chagrin,
voilà ce qui les guide
Chef, Tanneur, Rody
et puis moi qui les suis
et le cheval aussi.

Chaque pas que je fais m'éloigne de la grotte. Cela fait presque mal, j'ai du mal à comprendre ce qui me chatouille à ce point.
Depuis que la pupille brûlante de la dragonne a visé ma rétine, je suis comme marqué. Un fer de braise rouge s'est posé sur ma peau. Mon cœur en est à vif. À croire qu'on me l'arrache.

Je pense à sa peau noire d'écailles,
à la membrane souple, sombre,
presque violette, de son aile.

Je connais des chansons qui parlent de dragons. On allait écouter les troubadours aux fêtes du village. Et puis, sur certaines îles, il y a les Préondes, ces lézards à grandes pattes. Certaines tribus les chevauchent dit-on. Mais ça ne vole pas. Pas comme un vrai dragon.
Ce ne sont que de petites montures, pas plus grosses qu'un cheval.

Mais
les
dragons.

Les vrais.
On en entend parler,
légendes du passé
les vieux racontent le feu
qui jaillit de leur gueule.
Jamais je n'aurais pensé en voir un.

Une.
Je sais que c'est une fille.
Une femelle, je devrais dire.

– Le drôle, tu traînes !
J'allonge le pas. Je songe à cette femme, la générale. Gerfaut. Le nom d'un aigle. Je pense aussi à Chef, qui a combattu les Pâles. Jamais il ne raconte ses guerres, son passé – sauf quelques anecdotes idiotes. Jamais de noms.
« Les Phalanges des îles Tharphages. »
Pour ce que j'en sais – les souvenirs de gosses des histoires de batailles que j'ai pu attraper –, les Phalanges de Tharphage :

une armée de piquiers
serrés en formation
de longues lances
meurtrières.

Et Tharphage : des îles vertes. Vastes pâtures et champs pour élever des chevaux, faire de grandes moissons, brasser nombre tonneaux de délicieuses bières.
De quoi faire des envieux.
Et des veuves de guerre.
Chef vient-il de là-bas ?
Ou a-t-il inventé, pour nous sortir du feu ?

Nous marchons d'un bon pas vers Coupelune.
Que vais-je y faire, moi ?
Moi qui ne sais que chanter.
Ou du moins qui savait.
Qui ne sais pas tuer.

Sauf

une fois.

Sur Cachemitte.

J'y pense,
j'y repense,
alors que nous marchons

chaque pas m'éloignant,
de la grotte,
du dragon.

L'auberge m'était sortie du crâne. Parce que nous fuyions, planqués, terrés, furtifs, à faire « profil bas ». Et voilà qu'elle revient.
Que la nausée sanglante m'agrippe les boyaux.

Je revois l'île maudite. Cachemitte, et son auberge. Furoncle nidoreux sur son îlot bancal. Je me secoue la tête pour en chasser l'image.

***

Nous marchons tout le jour. Des îles éclatées, bouts de roches flottantes, des passerelles aux boisures et cordages élimés. Le bordel chaque fois, d'y mener le cheval. Le ciel s'est éclairci. Quelques vrais ponts de pierre, rustauds, mais bien solides et puis une longue île, à la forêt très dense. Y court un vrai chemin.

Dans la matinée, on croise un champignon, haut comme trois hommes. Un clitocybe géant qui sert de réserve d'eau. On y remplit les gourdes pendant que Chef examine ses cartes. Le chemin est le bon.

***

Encore des heures de marche. Un village.

– Y a pas, avec des cartes, tu vas au bout du monde, dit Chef, l'air joyeux.

Tanneur ne dit rien. Il digère mal, sans doute, les arbalètes d'hier, et sans doute encore moins d'aller rallier leur camp.

Au village, c'est calme. Une femme, quelques gamins, le son d'une enclume, des poulets concentrés sur la terre qu'ils grattent. Un homme qui jette des restes dans un enclos à gorets. Chef cherche le chemin, il demande L'Île-Grosse à un gamin pressé, qui tend le bras devant nous.

– Au bout, là.

Nous arrivons au bout : ici, pas de pont. L'île d'en face flotte dans l'air, trop lointaine. « L'Île-Grosse », bien nommée, ressemble à une pomme croquée par un géant.

Une moitié luxuriante,
bordée d'arbres noueux,
dont les racines blanches

dessinent sur ses flancs
comme une chevelure folle.
Même si on est loin, je devine
l'autre moitié
de cendre brûlée,
avec ses ruines noircies,
décombres de bûchers.

Là-bas, il y a la guerre. Là-bas est notre place, dans la cendre et le sang – et l'or qui va avec.

– Bah voilà, on y est.

Tanneur soudain semble de bonne humeur.

Nous patientons à quai, parmi les autochtones. Quelques paysans portent des sacs de farine, de champignons, de légumes, et puis aussi des poules, qui caquettent dans leurs cages.

Tous, nous attendons la plate. Une très longue, large barque. Tancés par deux péquenauds, deux bœufs gigantesques tirent la corde qui fait bouger la plate d'un côté puis de l'autre, reliant les deux îles. J'observe le mécanisme, archaïque, efficace. Deux îles, deux poulies : entre les deux, le vide.

Qui dit passage, dit argent,
cinq soudards veillent au grain,
postés un peu plus loin, sous un auvent crasseux.

La plate est assez grande pour transborder dix hommes. Deux longs ballons de toile maintiennent la barque en l'air. Les arrivants descendent. Chef s'avance.

Le cheval est nerveux
je caresse son encolure
lui fais respirer l'odeur de mes doigts.
Avec douceur, je lui bande les yeux,
les chevaux n'aiment pas le vide.

– C'est un cheval, pas une pépite ! s'énerve Chef.
Un des passeurs, un vieux type, hausse les épaules.
– Le prix se calcule au poids. Un cheval, ça pèse lourd.
Le passage pour le cheval est trop cher.
Chef ne veut pas payer. Pas si cher. Je suis étonné : je vous croyais riches, grâce au convoi de marchands et aux pièces de l'auberge.
Chef s'agace. Il tourne les talons, dents serrées.
Je sais ce qui lui passe dans les yeux. L'image de sa lame entre les côtes du passeur.

La grande plate se détache de la bordure. Sans nous. L'un des hommes qui s'en va porte un étui sur le dos.
Je jurerais
qu'il contient
un luth
ou une mandoline.

J'ai su en jouer, un peu. Je ne sais si je serais encore capable de le faire sonner. Mais rien que d'y songer, j'attrape la sensation de la pulpe des doigts sur les boyaux tendus.
Avec mon premier maître,
avant d'entrer en guerre,
avec cet homme enjoué,
qui me parlait de souffle
de timbre et de chant,
j'ai appris à poser le luth sur mes genoux, apprivoiser ses cordes, à peine quelques accords. Si seulement je pouvais en tenir un encore…
À la ferme,
chez ma mère
au-dessus du buffet,
il y avait un luth
dont la dernière corde s'effrangeait méchamment. Bien qu'elle n'en joue jamais elle y tenait vraiment, et le jour

où j'ai osé le prendre dans mes mains j'ai pris une telle rouste que Ranne et Rody ont fini par la maintenir pendant que je fuyais.

Et puis un soir,
plus tard dans la saison
sans que je sache pourquoi
elle me l'a mis en main.
Elle a posé sa paume, sa peau rugueuse de travailleuse
autour de mon poignet,
a appuyé mes doigts sur les cordes tendues.
Sans un mot, j'ai appris mes deux premiers accords.
Elle a hoché la tête. Soufflé par le nez. L'air presque mauvais, elle a dit :
– Je me demande sans cesse ce que je vais faire de toi. Pas un fermier c'est sûr. Ni un chasseur… Mais pour ce qui est de chanter, tu ne serais pas mauvais.
Elle s'est levée soudain, a rangé l'instrument.
– Il y a ce vieux fou qui vit dans la cabane derrière l'ancien moulin. Si tu veux y aller pour apprendre à jouer, ce sera après tes tâches. À toi de lui porter quelques champignons, ou autre chose. Rien qui vienne du cellier.

Chef attrape la longe, me tire de ma rêverie.

Il marmonne un
« Je reviens »
nerveux.
Et part vers le village avec le cheval.
Et je comprends.
Je comprends trop bien, là, sans bouger, sans dire le moindre foutu mot,
qu'il va revenir
seul.
Ma main droite, celle qui tenait la longue, semble me brûler. Dans mon ventre, un creux se forme.

Tanneur qui trépigne, se cale sous un auvent, Rody, toujours calme, aiguise ses têtes de flèches.

Ma bouche commence à se tordre.
Je ne peux la contrôler. Ni mes paupières qui tremblent.
Car Chef revient
seul.
Avec le barda sur l'épaule.
Et me voilà qui pleure.

– T’es con, le drôle, coupe Tanneur. C’est qu’un cheval.
Chef ne dit rien.
Cette vente, cet abandon,
lui aussi l’a mauvaise.
Pas pour les mêmes raisons.

Alors que mes larmes coulent, que je serre les dents pour ne pas qu’ils m’entendent et que ma vue se brouille,
mon esprit
s’éclaircit.
Un souffle froid, limpide,
qui me nettoie la tête,
sans soulager le cœur.
Le cheval
mon seul ami
vient d’être vendu.

Je jette un œil de biais sur Rody qui les suit.
Même s’il ne dit rien, même s’il se tait, il l’aimait ce cheval. Il lui flattait la croupe, lui curait les sabots, je l’ai d’ailleurs déjà surpris à ramasser une poignée d’herbes folles pour

se faire happer les doigts par ses lèvres douces et molles. Le vide m'envahit. Je sais, le souffle froid le sait, que je

ne vais pas traverser avec eux.

Les paysans montent, avec leur barda, leurs cages pleines de poules, leurs sacs de graines. Tanneur grimpe à son tour, bouscule l'un des types. Lui souffle en plein visage :
– T'as un problème pécore ?
Le type ne répond pas. Jamais ils ne répondent. Un autre jour, sans doute, cela me ferait rire.
Nous voici tous assis. L'un des passeurs fait signe de faire marcher les bœufs.
La grande plate débute sa traversée, tirée par la corde. Je suis sur le dernier banc, tout au bord du vide.
Les yeux sur la rive,
qui commence à s'éloigner
de la distance d'un pas,
puis deux,
puis trois.
Alors, je me lève et je
s a u t e.

J'attrape le cœur battant les racines chevelues qui poussent sous la rive. Je m'arrache les mains tant je les cramponne.
Mes pieds battent le vide.
Je m'accroche, me hisse, passe un bras sur la berge.
Un des passeurs se rue, me soulève par le bras.
Je suis sur l'île.
Essoufflé, heureux. Seul.

Et j'entends Chef qui gueule, retenu par Tanneur.
Mais je ne vois que Rody.
Qui me fixe du regard,
pourtant sans colère.

Un étonnement froid.
Mais pour une fois, il me regarde, moi. Ou alors mon courage. Ou alors ma folie.
– T'es pas bien gamin ! T'as failli crever, s'exclame le passeur.
Il m'a lâché. Je respire à longs traits, comme si l'air soudain avait une saveur. Celle de la liberté. Celle de la peur. Le type me parle encore et je ne l'entends pas. Je ne peux détacher les yeux de la barque qui emporte
Chef Tanneur Rody.

Je tourne soudain la tête. Je cours.
Je traverse la rue, sous le regard éberlué des villageois, qui ont laissé leur partie de cartes en me voyant sauter. Je file.

Le palefrenier dans sa grange a déjà eu le temps d'enfermer le cheval. Avec d'autres comme lui. J'ai ma dague. Ma seule arme, meurtrière. J'arrive avec ma rage, prêt à lui percer le flanc, au palefrenier.
Le transpercer,
je saurais le faire, je l'ai déjà fait.
Pour lui reprendre le cheval.
Mon cheval.
Le mien.

Quelques pas dans la grange. Lame serrée dans mon poing. L'odeur du sang chaud, souvenir de l'auberge, vient me sauter au nez.
J'entends l'homme. Le palefrenier chante en brassant son fourrage.
Quelques mots apaisants.
Une chanson pour les bêtes.
Une ritournelle simple,
douce,
une berceuse rustique.

J'arrive en guerrier, dans cette grange où ça chante, où les bêtes somnolent. Je fais grogner les chevaux. Et l'homme se retourne.
Il voit mes joues en larmes, mon poing qui serre la lame.
L'homme me regarde, calmement se retourne pour nourrir la bête.
– Il sera bien ici. Il a bien baroudé, mais il est vieux, sale, fatigué.
C'est tout ce qu'il dit, il continue de brasser le fourrage. Il sifflote, ne chante plus.
Ma colère retombe, parce qu'il n'y en a pas chez lui. Je suis comme les chevaux, la mélodie m'apaise. Seule reste la tristesse

qui m'arrache le cœur.

Je fais quelques pas, passe le bras par-dessus les planches.

Le cheval m'a reconnu.

Il s'approche de moi, me renifle la main.

Je lui caresse le museau.

Je retiens les larmes qui montent de nouveau.

Oui, il sera bien ici. Dans ces odeurs de paille, avec les siens. Je le laisse partir.

Je sors sans rien dire, et un litre de larmes s'écoule de mes yeux. Puis j'essuie mon visage, me mouche dans la main, traverse les ruelles entre les chaumières sales

et m'enfonce dans la forêt.

Je vais le payer cher.

Ils vont faire demi-tour et devoir débourser une autre poignée de pièces pour reprendre la plate. Je perce les broussailles. Sous les ombres du soir qui s'étendent en danse lente, une panique intense me fond dans les entrailles. Des images de Chef, sa dague affûtée, l'œil torve de Tanneur, son sourire cinglé, ce sourire de sang, comme l'autre fois à l'auberge… et pire que tout sans doute le trait noir silencieux de Rody qui décoche.

Cent fois je me retourne, haletant,
avale le chemin,
oblique sous un bosquet
sentant la furieuse flèche
la pointe d'acier sombre
me transpercer le dos.

Terrifié je bifurque, fuis la sente réduite, clabote dans la mousse, glisse sur une racine, m'écorche contre l'écorce. Je tremble, manque de vomir tant le souffle me manque. Les genoux dans la boue, je me frotte les yeux.

Pourquoi ai-je si peur des flèches de mon frère ?
Je me redresse, je m'adosse à un tronc. C'est le pied lardacé d'un clitocybe géant qui récolte les pluies. Nous l'avons croisé dans la journée.
Aucune flèche ne vient me perforer. J'attends, comme englué, sur la tige spongieuse à l'odeur entêtante.

Je suis sot.
Pourquoi me suivraient-ils ?
Est-ce une trahison ?
Ma fuite vaut-elle les trois sous
que coûterait le retour ?

Je ricane moi-même de cette peur vaniteuse qui m'a fait courir. Ils s'en foutent. Ils sont débarrassés de ce marmot idiot. Mon frère n'aura plus honte.
Je le hais. Il me manque.
Les larmes me submergent, et je déteste alors ce gosse qui pleurniche. Je serre les dents pour ne pas pleurer de nouveau.
Je me décolle de la tige poisseuse. Je meurs de soif. Faisant le tour du champignon, je cherche la tige creusée qui y est plantée. Je tire sur le bouchon, fort, m'aide de mon couteau. L'eau coule enfin, peu claire, goût têtu de morille.

Je suis sorti du chemin, et la nuit se propage. Le vide me guette à chaque pas. Je me relève, cherche le sentier, et puis m'élance encore, avale les lieues à pleine foulée.

***

La nuit déploie ses fumerolles, me noie sous ses nuées.
Je pense à
Rody, mon frère.
C'est bien cela le lien qu'il y a entre
lui et moi ?

La même mère, pour nous nourrir le même sein, les mêmes petits frangins.

Je pense à
ma mère.
Je crois, je ne suis pas sûr,
que parfois j'entends son rire,
et qu'il claque et résonne
entre mes côtes,
ça fait du bien,
mais aussi un vide.

Peut-être aussi que je l'invente, ce rire. Le rire de ma mère était-il aussi doux ? Elle ne rit pas toujours. Elle est sombre parfois. Comme lorsqu'on est parti.

Un pas après l'autre, je pense, je me souviens

de la croûte du pain. Il n'y avait que sur cette grande table que la croûte chantait, craquait, ample et sonore, croustillait sous la main. Elle était noire, trop cuite. Farineuse.
C'est comme ça que je l'aimais. Je pense à ma mère, et c'est l'odeur du pain, c'est ça qui me revient. J'y pense parce que j'ai faim. Et il y avait Rody que ma mère aimait tant, lui qui de quelques tirs à l'issue d'une balade nous assurait de la viande au dîner. Rody, toujours discret, responsable, aidant, qui veillait sur les petits. Elle avait pour lui des gestes des regards qu'elle ne nous donnait jamais.
Il parlait déjà peu. Mais il n'était pas fermé, il jouait avec les petits, calme dans leur vacarme qui rayonnait sous les vieilles poutres. S'il était trop grand pour jouer avec moi, il prêtait volontiers l'oreille à mes chansons à l'âge où j'essayais mes premières comptines. D'un sourire, d'un hochement, il savait dire « c'est bien », ou d'une moue amusée « c'est moins bien ».

Mes chants, ses flèches. Il ne chassait jamais seul. J'étais là à chaque fois. Je l'admirais sans bruit.

Nous avions un frère, plus grand, presque un homme : l'aîné, qui s'appelait Ranne. C'est Ranne qui a appris à Rody à tirer, à se servir d'un arc. Moi j'étais trop petit.

Quand l'escouade est passée, pour emporter les hommes assez vieux pour se battre, Ranne s'était caché. Chez une amoureuse, je crois.
On savait pour la guerre. L'îlotmaistre passait régulièrement, réquisitionnait des vivres dans chaque maisonnée. Mais dans la petite ferme, il n'y avait pas d'hommes, on serait épargné.
Ils sont venus pour Ranne. Il n'y avait que Rody.
Encore un peu trop jeune.
Le sergent recruteur paraissait bien s'en foutre.

On n'est jamais trop jeune,
pour mourir à la guerre.

– Attendez ! avait supplié ma mère.
C'est une des rares fois où sa voix a tremblé.
Ses yeux bougeaient très vite.
– Avec sa chasse en moins, et les autres à nourrir, ça ne sera pas simple.
Le sergent maintenait Rody par le poignet.
– Dites-moi où est l'aîné, je vous laisse celui-là.
– Je ne sais pas où il est, si je savais je…
– Vous dites toujours ça.
Il a tiré sur le bras de Rody. Les larmes me venaient.

Et je vois sur ma mère
une colère glaciale
lui passer sous la peau.

Elle regarde Rody.
Son grand son beau chasseur. Pose ses yeux sur moi. Paupières demi-closes, la bouche presque tordue.

Le sergent pousse Rody. Mon frère se retourne vers moi. Et je vois ses yeux qui débordent de peur.
Ma mère attrape sur la table l'arc de Rody. Une seconde, j'ai peur qu'elle tire une flèche dans le dos du sergent. Elle crispe la main sur l'arme
me la fourre dans les mains.

Durement, elle dit encore :
– Prenez celui-là aussi. Ça fera une bouche de moins.

Celui-là, c'était moi.
Une bouche à nourrir.
Une chose, un organe :
ça mange,
mais ça ne rend rien.
Rien.

Le pain n'a plus jamais eu le même goût. Parce que le pain, depuis ce jour où je m'accrochais aux braies de Rody, qui ne disait plus rien,
le pain, c'est devenu
ce qui la remplit,
la bouche à nourrir
ce qui se mérite, ce qui se gagne, ce qui se vole.

La nuit est noire à présent. Je ne distingue pas à trois pas devant, j'ai faim. Il y a cette ombre dans le ciel sur ma droite, comme des lignes droites, une maison ?
Je devine une bicoque sur un îlot perdu. Un toit pour y dormir ?
Je tâtonne dans sa direction. Je me tiens aux branchages, pour éviter la chute. Je pose un pied, un autre, je ne vois pas mes chausses, mais le vent dans les branches me dit que la lisière est là. Je m'avance, doucement.

Le vide

manque de me happer.

Cramponné à une liane, je lâche un grognement. Mon cœur a fait un bond. Je tapote du pied, vers la droite, vers la gauche… Une planche !
C'est un pont de corde.
J'avance une main, agrippe le cordage rêche et je m'engage sur le pont. Seul le vent m'accompagne.
De l'autre côté, je guette une présence avant de poser pied sur l'île flottante.
C'est petit.
Il n'y a pas de chiens, ils auraient aboyé. Je toque. Comme personne ne répond, je fais le tour.
Grange, fenil, poulailler.
Je chipe trois œufs frais, que je gobe crus, devant des poules outrées. Je file rapidement, glissant sur la passerelle.

Plus loin une carriole
crahute sur le chemin,
dans la violine de l'aube
qui enveloppe les îles.

Un gamin mène la charrette, je vois son visage fin dans sa torche dansante, il est à peine plus vieux que moi. Il transporte une cargaison de ces gros chapeaux de champignons, cultivés pour la toile des ballons. Les chapeaux sont aussi larges que les roues de sa carriole. La mule m'a senti. Et le gamin s'arrête.
Je dois lui faire peur, comme je surgis des ombres.

Il me voit, ne dit rien,
mains crispées sur ses rênes,
quand je lui chipe sa gourde
pendue à la ridelle.

Je m'en veux un peu.

Mais j'ai soif.

Je file comme un esprit dans l'entrelacs des troncs. Et comme je suis crevé de cette longue marche, que je n'ai plus les idées claires,

que je ne vois plus mes pieds,

je cherche un endroit où m'endormir.

Je m'enfonce dans une futaie
Je chante. Dans ma tête, sans oser fredonner pour de vrai.
Pour rester éveillé, ne pas trébucher.

Ma mère aimait chanter pendant qu'elle travaillait.
Elle n'était pas tendre, la taloche facile, et puis parfois mauvaise, si l'une de nos bêtises risquait de nous blesser, ou de nous faire mal voir. Une femme sans homme, ce n'est bon qu'à faire des mômes à ne pas fréquenter.
Surtout, elle avait peur, elle, qu'arrive la saison froide

et qu'on vienne à manquer.
Ou qu'on vienne à mourir,
comme la petite sœur
qu'elle n'a pas pu soigner.

Mais lorsqu'elle travaillait, plumait une poule, bêchait, elle fredonnait sans cesse.
Elle n'était pas du genre à offrir des caresses, sauf aux tout-petits, mais on pouvait chanter.

C'est à la nuit tombée que j'offrais quelques rimes, pour que les petits dorment. Et Rody m'écoutait.

Je ne peux plus marcher. Je tombe sur les genoux, rampe en tâtonnant pour trouver un abri. C'est un nid de feuilles froides qui m'offre le gîte.

11

Au matin, grelottant dans la rosée, je termine la gourde.
J'ai mal dormi,
les cris de Chef,
le regard de Rody,
m'ont assailli toute la nuit.

Je reprends la route. Celle qui mène à la grotte. Car c'est là que je vais, évidemment, là que mes pas me mènent.
La grotte, la dragonne,
inexorablement, sans que je sache pourquoi.
Je n'ai pas de cartes pour aller… ailleurs. Et ailleurs où ?
Chez ma mère ?

Et puis. Même si
on voulait de moi ;
je ne saurais dire
si l'île de mon enfance
est au nord ou à l'est.

Une matinée à marcher : seul, la route est plus longue.

***

Sans m'en apercevoir, je chantonne, un chant de guerre idiot, appris sur les îles Radiches, dans un fort où nous avions séjourné.
Tout d'abord je marmonne, j'ose à peine fredonner,
puis, comme je suis seul,
dans la campagne morne,
comme pour défier les ombres
de mes anciens comparses,
je donne de la voix.
Ma belle voix, voix de fille
comme le diraient certains,
que mon maître de chant
savait apprécier.
Je me souviens de lui.
Derrière l'ancien moulin
ça sentait le vieux foin, la poussière, la misère
l'homme était avachi sur une chaise bancale.
– C'est toi le petit bouseux qui veut apprendre le luth ?
Ta mère m'a fait comprendre que tu chantais pas mal.

Ainsi, dès que je pouvais, une fois les œufs récoltés ou bien le blé battu, les champignons cueillis, ou les collets posés, je filais chez le vieil homme.
Malgré ses airs sévères, il commençait toujours par chercher dans ses livres, et lire une poésie. Et puis il demandait :
Tu connais ce mot-là ?
Tu le trouves triste ou gai ?
Entends-tu la rythmique ?
Alors il expliquait.
Bien que je lise mal, il me faisait relire la phrase qu'il trouvait belle, alors il souriait.
– Fini de s'amuser.
Et nous prenions le luth.
Au bout de quelques mois, il me laissait des livres.

En marchant, je chantonne plusieurs fois la même comptine, puis une autre, et la longue complainte des Vents Tournants. Le temps passe plus vite, quand on marche en chantant.

***

Le soir a trottiné aussi vite que moi. Je suis éreinté lorsque je retrouve enfin les traces de notre camp. J'y suis ! Même si mes jambes tremblent de fatigue, je cours pour rejoindre,
la grotte.

Arrivé au pont, j'hésite soudain.
Les soldats en aéronefs sont-ils tous partis ?
Et si je ne trouve qu'une grande carcasse morte ?
Et si elle est en vie ?

J'avance à pas feutrés, entre les troncs,
Il reste quelques flèches, plantées çà et là.
Et puis le grand chêne étendu contre terre, qui offre à mon regard sans aucune pudeur son moignon de racines.
Mais
devant la grotte,
pas de dragon.

Elle étire sa plaie de pierre en grand dans la falaise. D'autant plus sombre que le jour baisse à nouveau.
Je contourne le chêne. Partout, des restes éparpillés. L'un des aéronefs et son ballon percé, lourde peau affaissée répandue dans le bosquet.
Je ne vois pas de corps. Peut-être que je ne regarde pas attentivement. Je me fous des débris, ou des cadavres de soldats. J'en ai vu mon lot.

Je veux la voir
elle.

À l'entrée

de la grotte sombre et fraîche, je fredonne nerveusement une chansonnette idiote. Comme une litanie. Cela me rassure.

Tout d'abord je la sens
c'est un fumet de cendres
arôme de tisons
relent de sauvagine
à la fois fauve et douce

puis je reçois le souffle plus que je ne l'entends, un grondement furtif contournant mes tympans me frémit dans le bide quand elle expire.

Je suis soulagé.

Elle est là.

***

Et maintenant ?
Le drôle,
tu fais quoi ?

Elle est là,
et puis quoi ?
Tu vas lui dire bonjour ?

J'avance d'un pas sous la voûte grise,
puis d'un autre, mes yeux s'accoutument.
Elle inspire,
je soulève un pied, et le repose,
quand le souffle retombe.

Une branche sèche craque sous ma semelle.
Le souffle de la dragonne s'interrompt.

Je me fige,

elle expire de nouveau.
Je ne la vois pas encore. Je n'y vois d'ailleurs rien. Dans mon dos, le bleu sombre du soir s'opacifie. Je ferme les yeux, j'écoute le souffle lent de l'immense créature.

Que dois-je faire, maintenant que je suis là ?
Là
où les pas m'ont porté
sans mon accord,
ou presque.
Je ne sais pas. Cela m'effraie.

Mais quelque part au fond,
loin,
dans mon ventre,
je sais que c'est

là
qu'est ma place.

Je l'ai su quand sa paupière s'est soulevée, la première fois. Que la pupille brûlante a marqué ma rétine. Je ne le savais pas encore, mais
maintenant,
je le sais.

Quand même, je n'ose pas m'approcher. Je m'accroupis.

Je ne la vois pas, mais je l'entends, et cela me suffit. Je ferme les yeux.

J'accorde mes soupirs,
aux souffles colossaux,
de la dragonne.

Si
bien
que
je
m'endors.

12

Ce n'est pas la faim qui m'éveille.
C'est son souffle,
une inspiration sèche et vive qui me soulève
les cheveux.

J'ai tressailli, et je n'ose entrouvrir les paupières.

Car elle me sent.
Elle respire les odeurs de mon corps minuscule et crasseux, de mes nippes entachées, ma sueur aigre, ma chevelure grasse. Sans doute flaire-t-elle aussi les effluves, poisseux,
de la terreur glacée
qui crispe chaque fibre
de ma peau
jusqu'aux os.

Je ne bouge pas.
Si j'ouvre les yeux et que cela l'effraie, elle peut
me dévorer,
d'un claquement de mâchoire.

Comme ces bouts de chair fraîche que l'on jette aux chiens et qu'ils écrasent sèchement, voraces et puissants, et engloutissent si vite.
Elle me respire encore. De longues lampées d'effluves, et je suspends mon souffle. Je ne peux tout à fait me retenir de trembler.
Sait-elle que je suis éveillé ?

Par mon souffle, elle le sait.
C'est évident.

Alors
je tente de contenir ma respiration,
j'inspire
lentement, et à fond, l'air frais de la grotte,
et son odeur à elle, suint sauvage, doux, brûlé.
C'est sans doute la dernière chose que je vais sentir, car la certitude me saisit : les terribles lames d'ivoire de ses dents vont
me transpercer.
J'inspire de nouveau, et quand je libère l'air de mes poumons, un sanglot de peur m'échappe.
J'entends un grognement : elle n'aime pas les bruits qui fuitent de ma gorge.
J'ouvre les yeux et la contemple
terrifié émerveillé.

Le temps que mes yeux s'adaptent aux rayons du soleil qui pénètrent la grotte, je ne vois que la peau noire d'écailles et ses reflets ferreux. À portée de main, le bout de son museau,
et sa corne d'ivoire,
blanche et pure,
striée de fines veines,
comme sur le bois des arcs.
Elle est collée à moi, elle me hume, se repaît du fumet du vermisseau osseux qu'elle s'apprête à croquer.

Mille dieux, quelle masse,
quelle imposante carcasse,
mastodonte reptilien
qui me domine là.

Sous sa peau noire d'écailles, à l'orée de sa gueule, tremblant comme un poussin devant les crocs du loup, avec les larmes salées qui me nettoient les joues,
j'ose lever une main.

J'aimerais

tant

la toucher.

Le grondement qui s'ensuit m'arrache à ma torpeur. Je rampe sur le dos, pris d'une frénésie.
Elle recule sa tête,
ses yeux, prunelles de braise. Et son cou qui s'avance.

Je cours au-dehors – alors retentit

le rugissement.

De rage ou de douleur. Le cri me percute, je tombe, presque sourd. Les paumes sur les tympans.
Je rampe, racle mes genoux sur la pierre, m'extirpe de la grotte.

Dieux fous,
mon cœur bat encore.

Elle
m'a
repoussé.

Mais je ne suis pas mort !
Je l'ai pourtant cherché. Cloporte venu danser sous les pattes d'une poule. J'avale à grands traits blancs l'air glacé qui transperce,
ma bouche,
ma trachée,
mes poumons,
et je cligne des yeux face au jour.
Je reste stupéfait.

Et le sang me bat les artères, par vagues comme des gifles.

Je m'adosse au tronc du chêne déraciné, scrute la cavité rocheuse d'où je viens. Une amertume épaisse vient me larder les paupières, plus grasse que de la glaise.

Imbécile, crétin, incapable nabot, tu croyais quoi, le drôle ?
Hein ? Tu croyais quoi, avorton misérable.
Qu'elle allait t'accueillir ? Te dire Bonjour, gamin *?*

Je me tais, j'ai parlé, à voix haute, et forte. Et c'est à l'intérieur de mon crâne que reprend l'invective.

Quel inepte nigaud, te voilà loin des autres, de Chef, de Rody, et ce con de Tanneur. Tu les mérites, corniaud, les tartes, les gifles, les pains, tout ce qu'ils t'ont donné. C'est tout ce que tu vaux.

J'enrage, dépité, je pleure mon échec cuisant.
Je suis seul, affamé, sans même un bout de rêve à mâcher.

Dieux défunts, que j'ai soif, que j'ai faim ! Ça me bat la mesure au fond de l'estomac, un creux profond comme le ciel sous les îles. Mes mains caressent la croûte rêche de l'écorce du chêne, je pense au pain qui croustille.

Il y a la carcasse de l'aéronef éventré que j'ai à peine entrevue. J'approche, persuadé qu'aucun homme n'y est – du moins, pas vivant. Puisqu'ils sont repartis,
les Pâles,
puisqu'on a vu leurs barques
qui survolaient la tente, dans le bois, il y a, quoi,
deux jours ?
C'est si loin.

Soudain je pense, non je *sais* qu'ils reviendront bientôt. Ils poursuivaient la dragonne. D'une manière ou d'une autre, ils ont dû la blesser,
elle est tombée,
s'est cachée là.
Ils reviendront.

J'approche de l'engin, je contourne le ballon, le lourd cuir ocracé, champignon de culture dont le gaz est parti. Je tends ma lame, perce, plante, taille un morceau de toile dans cette membrane pour récolter de l'eau. Elle coule au goutte-à-goutte dans ma gorge pour me rappeler que je vis. C'est trop peu, juste assez.
Le bâtiment trapu est une large coque de chêne, au fond plat et ferré, enfoncé comme un coin dans le hallier massif. Le balcon avant n'est pas tant abîmé que ce que j'avais cru apercevoir.
Je prends appui sur une branche, m'agrippe à une autre, pose le pied sur la fente étroite d'une meurtrière, m'accroche au plat-bord.
Je me hisse.
Me voilà sur le pont d'un navire de guerre.
Beau, robuste.

Plus jeune et moins affamé, j'aurais jubilé de parcourir le plancher d'un tel aéronef. Le long du bastingage, plusieurs

pavois courbés pour se couvrir des tirs qui viendraient du dessus, et puis les portes au fond qui mènent aux coursives… Et tous ces cordages, l'échelle, le gouvernail, les mâtures emmêlées, de cordes et de voilures… et à la proue, trônant, massive et menaçante : une baliste.
Je ne peux pas m'empêcher de regarder l'objet, gigantesque arbalète et son pied sur pivot. Je joue de sa manivelle, amorce la tension, ça crécelle, ça résiste, j'y mets toute ma force – tant que la tête me tourne.
Je cherche la grande flèche qui doit se poser là, dans la gouttière du bois. J'avise un râtelier : trois massives dondaines attendent, verticales.
J'en place une sur la baliste.
Je fais pivoter l'arme à droite. Même avec son pivot, et tout cet équilibre, maintenir la visée demande de la force.
Saurais-je viser le chêne à l'entrée de la grotte ?
Je pourrais, mais je crains d'effrayer la dragonne.

Je laisse là l'arme, et son raide cordage. Je dois me mettre quelque chose sous la dent.
Je pousse la porte au fond, j'ouvre les caisses, les tonneaux.

De l'eau !

Je bois à même la barrique,
à m'en péter la panse.

Je fouille dans quelques caisses, jusqu'à mettre la main sur de la viande séchée et de gros haricots, noirs et secs, que je mêle à de l'eau dans une calebasse.
Je mange furieusement, dans la cabine sombre de l'aéronef.

Comme si je reprenais vie.

Que faire maintenant ?

De l'eau pour la dragonne,
voilà à quoi je pense.

Sans doute pourrais-je chasser, lui porter de la viande. Mais ce qui doit être fait tout de suite, là, c'est trouver de l'eau.
Pour elle.
Alors, de ma petite lame, partant de la percée que j'ai faite plus tôt, je découpe tout le tour de la membrane souple du ballon de l'aéronef. Elle résiste, caoutchouteuse ;

sa peau de champignon
est ferme comme le cuir.

Cela me prend quelques heures. Quelques heures précieuses à ne pas penser à Rody, Chef, Tanneur, ma mère, rien que cette toile que je déchire. Un grand carré, irrégulier, presque quatre pas sur quatre ; je l'enroule, autant que faire se peut, puis je le tire

(c'est lourd)

jusqu'à l'entrée.

Là, je guette.
Car elle m'entend.
Sans doute va-t-elle pousser
son rugissement terrible.
Son fracassant cantique,
sa saignante beuglante.

Mais je sais
(en fait non, je ne sais pas)
(mais je pense, je suppose)
que si elle reste là,
c'est qu'elle est blessée.
Et qu'elle a soif, sans doute.

Mais, les dragons boivent-ils ?

L'eau est-elle un poison, pour le feu qu'elle porte ?

Je pousse mon ballot, dans la noirceur du gouffre, parmi les branches mortes, puis parmi la rocaille, avançant dans l'ombre. Je fais du bruit, je force, je marche, je tire sur la satanée toile. Je ne pénètre pas comme le fait un voleur. Je m'annonce.
Je glisse.
Je tombe.
Je jure.
Elle me répond.
Un grondement.
Profond, court.

Je me fige. J'attends.
Elle est terrée au fond, je ne vois que son ombre – et, quoi, la lueur d'une dent ? L'image me foudroie. Je crains qu'en étirant la longueur de son cou elle ne puisse d'un coup faire claquer le verrou de sa mâchoire sur moi.

Doucement, je tâtonne pour redresser les bords courbes de la peau de champignon. Je les cale avec des pierres. Si cela ne ressemble pas à un baquet, ça peut contenir de l'eau. Pas mal, même.
Précautionneusement, je ressors.
Elle n'a pas grondé de nouveau. C'est ma petite victoire.
Je vais chercher des seaux.

***

Je passe la matinée à transvaser, avec deux seaux trouvés dans le navire, le contenu du tonneau dans la grotte.
De l'eau pour la dragonne.

Je quitte la grotte.
Elle a grogné trois fois.
Mais n'a pas avancé sur moi, ni d'une griffe ni d'un croc.
Trois fois,
mais de moins en moins fort.
Peut-être s'habitue-t-elle à ma présence.
Un morceau de sourire me gagne doucement
ça part sous le menton, ça m'accroche un coin de bouche
jusqu'à me plisser l'œil.
Une larme gracile affleure ma paupière.
Merde, tu l'as fait, le drôle.

Fatigué de tant d'émotions, je retourne puiser de l'eau pour moi et manger encore un peu.
Je m'assois sur une caisse, le couvercle bouge. J'ouvre. Et mes yeux tombent sur une arbalète.
L'arbrier est de frêne, léger, long comme mon bras. L'arc, assez étroit, bois et corne collés, armé d'une bande de fer tout comme l'étrier.
Une noix qui pivote quand je serre la déclenche.
À peine ornementée. J'aime la forme de l'arme, je l'aime même tout entière. D'autant plus qu'elle me rappelle

les critiques de cette brute de Tanneur, moquant l'arme des lâches,

de ceux qui n'ont pas les tripes
de regarder dans l'œil
l'ennemi que l'on tue.

Je revois le visage méprisant de Chef disant d'une arbalète : « C'est une arme d'idiot. »

Avec un sourire joyeux je la soulève. Je me fous de ces fous. Cette arme est faite pour moi. Je dois être un lâche, et un idiot, n'est-ce pas ? Et puis crotte ! Je m'en vais dégommer tous les Tanneur du monde.
J'agrippe une poignée de carreaux, que je glisse dans une besace de cuir qui traîne là.
Je sors sur le pont de l'aéronef.
J'enfonce le pied dans l'étrier, tire à deux mains sur la corde. C'est dur, ça ne vient pas. Je me couche, me cale contre le bastingage, pousse des deux pieds, de mon dos, de mes cuisses.
L'arc se tend, la corde me fait mal.
Ça y est.
Je me relève. Il faudra que je prenne le coup.
Me voilà armé !!

Je tire un carreau :
Il s'envole.

Il est court,
comme une petite flûte,
mais sa mélodie
est celle du meurtrier
qui se plante
perce,
s'enfonce
loin, au tréfonds
des chairs.

Il s'envole.
De son empennage serré,
de sa pointe trapue,
et se plante dans une branche

non loin du point

que je visais.

Et je ris comme un gosse.

Après tout, j'en suis un.

***

Je décide de partir en chasse.
De gibier. D'eau. Pour nourrir la dragonne.
Armé de mon seau et de mon arbalète, d'une poignée de carreaux, j'entame le tour de l'île.

Plus vaste qu'il n'y paraît
l'île de la grotte s'étend
sous une jungle touffue,
de grands arbres tendus
enfoncés dans les ronces,
dans une terre de mousse,
humide et odorante.

Je contourne la falaise de la grotte, sa pente s'adoucit.
Je décide d'avancer plus loin sur ces terres,
totalement inhabitées ?
Rien n'est moins sûr, après tout, il y a un pont. Même si sa maçonnerie est vétuste, il est là. Des hommes y passent. Ou alors y passaient. J'aimerais avoir les cartes de Chef pour savoir ce qu'il y a au-delà…

La végétation se densifie. Je traverse pinèdes, taillis, broussailles, je garde sur ma gauche le bord de l'île, en repère.
L'arbalète est tendue,
je n'ai pas encore glissé de carreau dans l'encoche.
J'attends de voir une bête.
J'ai déjà vu Rody traquer un animal, mais je ne sais si je serais capable d'être aussi silencieux. Je n'ai pas pensé à avancer face au vent, pour que le gibier ne me sente pas…
Dans quel sens souffle le vent, déjà ?
J'avise un oiseau, une de ces grandes corneilles forestières, dont le plumage se confond avec les troncs.
Lentement, j'encoche.
Je vise.
Retiens ma respiration.
L'oiseau part avant que je ne tire. Je soupire. Si je rate de si petits animaux, comment espérer nourrir la dragonne ? De combien de viande peut-elle avoir besoin ? Mange-t-elle un cheval par jour, trois gorets ? Cent moutons ?
Je renâcle à y penser.
L'idéal serait d'avoir une ferme non loin. Un troupeau à décimer. Je pourrais alors me glisser dans l'enclos des bêtes, attacher à leur cou une corde pour les amener là.

C'est idiot. Il n'y a pas de ferme.
Et sans Tanneur, Chef et Rody
pour préparer ce genre de coup, comment faire ?

Alors je pense à cette chaumière miteuse,
où j'ai volé les œufs,
et au gamin et sa charrette.

Si j'allais voler des poules ?

Si j'allais voler des poules, et que ce garçon, à peine plus vieux que moi, me surprenne, tente de m'en empêcher,

je serais
obligé
de
le
tuer.

Comme le ferait Tanneur.
Je vais devenir comme lui.
Comme eux.

Un type qui tue.

Je songe au gamin de l'auberge,
empoté, pire que moi,
avait dit Tanneur
il avait encore
son pichet à la main quand il a vu Tanneur
enfoncer sa hache dans le dos d'un fuyard.

Et il ne bouge pas, ce garçon. Il est figé, comme moi.

Tanneur revient vers lui, l'agrippe d'une main,
et c'est seulement là, quand son front heurte le mur,
qu'il lâche la carafe.

– Celui-là est pour toi, le drôle.

L'odeur me prend le nez, le fumet de l'auberge, la bière tiède et le sang. J'aimerais tant chasser ce souvenir.

Son visage si jeune, la peur dans ses pupilles
ses larmes ruisselantes et sa bouche mouillée.
Ma main sur cette lame
la dague répugnante
j'en ressens la brûlure
jusque dans les entrailles.

Et puis son cri d'angoisse, et la torve douleur,
et son souffle qui –

Alors,
quand se dandine
sur une frêle branche
un écureuil volant
son pelage caramel
son museau délicat
ses mouvements fluides
et sa queue veloutée,
que mon index frôle la gâchette cruelle,
je ne tire pas.

Je n'ai pas envie de tuer qui que ce soit.

Je fais demi-tour. De nouveau la bruine m'accompagne et crachine sa mélodie collante. Je retourne vers la grotte où il y a du bois sec. Ne sont-ce ces branches mortes qui m'ont amené là ?
Je reste dans l'entrée. Mon humeur, comme le ciel, s'est couverte d'un voile gris.
Je me sens seul.

Un coup d'œil vers le fond, vers elle, qui ne se montre pas, se méfie à raison.
Je frotte les pierres à feu qui ne quittent jamais ma bourse sur un tapis de brindilles. Patient. Ça, au moins, donner la vie aux flammes, par n'importe quel temps, c'est une chose que je sais faire. Tanneur me l'a appris. Un trésor arraché entre les mains d'un troll. Je souffle sur la brindille qui m'offre un brin de rouge, j'en rapproche une autre, minuscule et cassante et puis un peu de mousse.
Enfin, de la lumière.
J'entasse quelques rameaux. J'ai soudain moins froid.
L'après-midi s'avance. Je n'ai rien à manger.

Quel imbécile le drôle,
t'es là,
seul,
petit,
con,
avec la grande dragonne,
qui n'en a rien à faire.

Je repense à Tanneur et je dis comme lui :
– T'es con, le drôle, c'est qu'un dragon.
Pourquoi t'es venu là ?

Un grognement me répond, du tréfonds de la grotte. Car
j'ai parlé tout seul.

Frisson étrange. Je tente :
– Dragon, tu réponds ?
T'as quelque chose à dire,
toi, là-bas, dans les ombres ?

Je guette.
Rien.

Je tisonne mes braises, je rapproche une écorce, une chanson me revient. Je fredonne.
Je ne sais plus bien les mots, une histoire de mariage, d'une île de cristal, et d'une couronne de feu. J'improvise, je remplace les vers perdus par d'autres, tout en fouillant le sol, tout en cassant les branches, mariant, dans ma chanson, la princesse à… Tanneur – mais je le chante manchot, et cul-de-jatte, et borgne.
Assis tout au sommet
de l'île de cristal,
qui lui pique le cul.
Je ricane, me pince le nez.
Je cesse de chanter.

– Tu sais, la grande, au fond, là ? Oui, toi. Si t'es pas plus sympa, je vais aller ailleurs. Tu n'auras plus personne pour te faire des chansons.

Silence, évidemment.

Puis elle grogne.

Je souris.

Elle grogne de nouveau,

Deux fois.
Deux notes.

Mon cœur manque un battement. Je jurerais
qu'elle a
chanté.

J'ai peut-être rêvé
ces deux notes
entendues dans le grondement sourd rauque et profond que sa gorge a raclé. Mais tout de même, cela me hérisse le poil,
m'arrache un lent frisson.

Je mets un peu de bois, j'approche d'autres branches.
Ce faisant, je fredonne.
J'improvise une ballade,
une mélodie douce, en mineur
un peu triste.

D'abord des la la la
et puis « je suis le drôle »
et puis « je suis perdu ».

Je suis le drôle et je suis seul,
à l'orée de ces bois perdus,
à chauffer les pierres de la grotte,
où me mena une pluie drue.

Je le fredonne en boucle jusqu'à ce que d'autres vers naturellement me viennent :

C'est alors que tu es tombée,
si grande et noire et cornue
que j'ai tout d'abord eu la frousse,
et puis j'ai vu les hommes en armes.

Mince, j'ai perdu la rime ; je reprends :
que j'ai tout d'abord eu la frousse,
d'avoir une armée à mes trousses
C'est mieux, je m'enhardis.
J'ai couru sous la pluie des flèches
j'avais grand peur d'être fauché.
Et j'ai pleuré pour mon cheval,
mon dernier ami m'a quitté.
Si cela rime, cela se chante. Retrouvant le plaisir de mon apprentissage, je brode, je raccommode, je rapetasse, bribes de phrases et bouts de vers, et si deux vers semblent se plaire, je les chantonne alors trois fois.
Tant et si bien que j'en oublie que je chante pour elle.
Je chante.
encore et encore,
uniquement pour moi.
Cela fait si longtemps
que je n'en ai plus le droit.

Je me souviens. Enfant, j'ai chanté pour mon frère. La pensée me traverse, aussitôt je la chante.

Je me souviens des fois,
j'ai chanté pour mon frère,
j'ai chanté la la la,
cela semblait lui plaire,

Et depuis ce chant-là,
s'est tari pour la guerre,

je n'fais plus la la la,
je fais chanter mon fer.

Et mon ventre se noue, car la rime suivante se tarit sur mes lèvres lorsque je la prononce.

Je n'fais plus la la la
je n'verrai plus mon frère.

Voilà, mon cœur se serre, et mes dents, et mes joues et mes lèvres se mouillent, j'ai l'air fin. Et tandis que dehors la pluie redouble,

je l'entends.

Elle chante.

Distinctement.

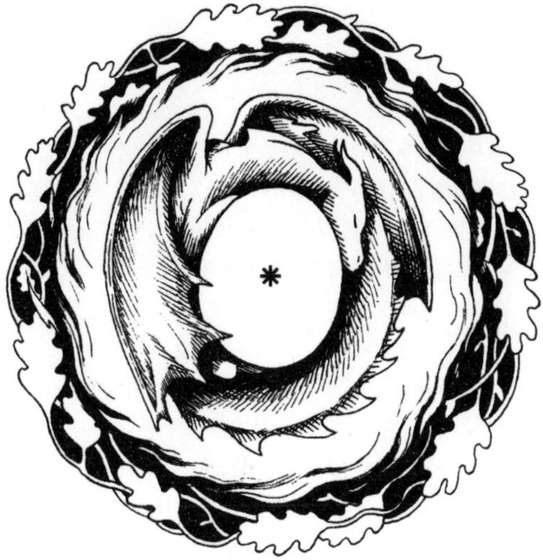

Je vole
perce les airs
vole parmi mes sœurs
distingue leurs odeurs
reconnais leur chaleur
la couleur de leur feu
le timbre de leur gorge.

Nous jouons, dansons, volons.

Je sens
dormir ma mère
gigantesque et si forte
contre moi et mes sœurs
serrées près de son ventre
où ronronne le feu.
Je vole
frôle les cimes
dans le vaste entrelacs
où s'étalent en lacets
les plantes longilignes.

J'agrippe de mes serres
une branche solide
engouffre dans ma gueule
une brassée de feuilles
leur jus délicieux.

Je vole
j'agrippe j'enlace
un beau dragon turquoise
ses écailles, ses ailes
Nous jouons, dansons, volons.

Je vois
les créatures
insignifiantes, sans ailes
marchant sur deux pattes
dans des ventres de bois
ils sont petits et froids
sans flammes au fond des panses.

Je vole
entre les dards
qui jaillissent des ventres
pour nous percer les flancs.

Je file
entame une course folle
au sein de la forêt
faufile entre les troncs
et les roches flottantes.

Je vois
tomber mes frères
ripostant de leurs feux
à longs traits dévorants
embrasant les chasseurs
qui tombent alors du ciel
en petits traits noircis.

Je vole
perce les airs
puissante et libre et fière
mais ils sont si nombreux
multiples et infinis
leurs ailes molles gonflées de vent
et puis je vois les fers
qui veulent m'accrocher

Je suis
si lourde et forte
eux si minuscules,
mais je suis acculée.

Je fuis
fuis
fuis
durant des jours et des jours
fuis
fuis
puis
tombe.

14

Je ne sais si j'ai rêvé,
mes paupières se délient, il fait encore nuit. Les ombres du ciel ont dévoré le jour. Je me redresse. J'ai froid.
Seules quelques braises scintillent, je pose une brindille, puis deux, et de la fine branche, puis un peu plus épaisse. Je souffle calmement. Le feu revient.
Demain, j'irai en chercher d'autres pour les mettre à sécher.
J'ai faim. Les flammes me donnent faim, la fumée réveille quelque part, au fond de mon palais, l'envie de croquer méchamment dans de la chair grillée. J'aurais dû chercher des champignons au lieu de vouloir chasser.
Les flammes, tout de même, ça me fait du bien. Ces couleurs chaudes qui dansent sur les parois de la caverne, alors que dehors à quelques pas, c'est bleu intense mangé de noir. La bruine semble s'être tarie, mais je n'ai pas le cœur de m'enfiler entre les troncs en pleine nuit.

Je sais qu'il reste des haricots. Pour un jour ou deux. Je connais les champignons, les comestibles, les gros, qui tiennent au ventre, j'irai en ramasser.

Je saisis l'une des branches. Armé de cette torche, je me lève pour voir si la dragonne a bu.

Je n'ose pas m'avancer trop près…
L'eau, dans le réservoir improvisé,
semble avoir baissé.
Je n'en suis pas certain.
J'aimerais
qu'elle ait bu.
Je ne la vois pas,
elle,
dans les ombres.

Je songe à ce rêve.
Ce vol, cette bataille.
A-t-elle chanté pour moi ?
Ai-je vu par ses yeux ?

J'aimerais en avoir
le cœur net.

***

Je me suis rendormi. Au matin, je rampe jusqu'à l'eau de la dragonne. Cette fois je la vois, immense. Elle ne m'offre que son dos à contempler,
elle dort.

Souffle régulier,
profond,
lent
massif.
J'aimerais me coucher sur sa peau de charbon et être soulevé à chaque inspiration. Je sentirais le feu en caressant son ventre, au travers des écailles.

Je bois.
Maintenant que je distingue mieux la gamelle improvisée : oui, elle a bu. Ça me réjouit.

J'aimerais chanter, pour voir sa réaction, être sûr de ce qui s'est passé. Mais je dois pisser, et puis j'ai faim. Très.
Je sors doucement. Il ne pleut plus.
Je dévore la fin des haricots.
Je n'ai mangé que ça, ces derniers jours. Il est évident que mon talent pour la chasse, si on y ajoute le fait
que je ne veux plus
tuer,
ne me sera d'aucune aide pour me débarrasser de ces maudites crampes qui me tordent le ventre.
Je m'éloigne pour me soulager.
Puis je cherche des champignons. Je m'enfonce,
dans l'impénétrable bois,
qui s'étend après la grotte.
Ce ne sont que troncs noueux, racines entremêlées, tresses de longues lianes, enchevêtrements morts. Ça craque sous les pieds, ça sent l'humidité, la pourriture, l'humus. Un paradis pour les champignons.
J'en repère des mauvais, des entolomes livides, ceux que les prêtres Porses avalaient en priant,
pour se rendre à la guerre.
Dans les chansons, ces guerriers aux longs casques ne sentaient plus le mal, continuaient à se battre, même après leur trépas. J'aimais tant ces histoires.
« Conneries de pisseuses » aurait grogné Tanneur.
Il aimait pourtant bien les fréquenter, les « pisseuses », quand il avait l'occasion.
Voici d'autres champis : des soporides, ceux que l'on donne aux blessés avant une amputation,
j'en diluais quelquefois,
pour frotter sur les dents des petits,
quand elles leur faisaient mal.

Mais j'en cherche des bons. Je retourne la mousse, fouille entre les troncs : c'est souvent là qu'ils poussent. Je ramasse ceux que je connais. Même si je ne connais pas leurs noms à tous.

Et je pense à Tanneur, encore lui, qui soupirait
à chaque fricassée
de ces chapeaux spongieux.
« Un plat de cul-terreux,
de mendiant, de gagne-petit. »
Il voulait de la viande !

Je reviens chantonnant ; elle semble toujours dormir. Je découpe des lamelles, qui tombent dans un casque de fer que j'ai ramassé (et rincé, de peur d'y retrouver des cheveux ou du sang).
Je ravive les braises, j'entrepose quelques pierres
je chantonne toujours, sans y penser à peine.
Un chant de crève-la-faim,
car ma panse trépigne d'engouffrer ce repas.
Des mots qui vont et viennent,
des phrases qui s'entremêlent,
qui parlent de manger,
boulotter, casser graine,
bâfrer, ronger la croûte,
s'empiffrer, faire becquetance
s'en faire péter la panse,
la paillasse, la brioche.
Que j'ai une faim de loup,
ou une faim de dragon,
que j'ai les crocs qui poussent,
que j'ai le ventre creux,
j'aimerais l'avoir rond
qu'il faudra des plâtrées,
des chaudrons et des louches

pour que vienne satiété.
Que je vais faire bombance,
et croquer à belles dents
cette fricassée exquise,
qui exsude son jus.

Et je chantonne encore, et l'image me vient tandis que je remue les chanterelles spongieuses :

je vois
des feuilles
je me vois
les croquer.

Agripper à pleines dents les ramures au vert tendre, boire le jus des nervures, et que craquelle sous ma mâchoire le rinceau délicieux.

Se nourrir de feuilles.

C'est ça qu'elle mange ! C'est ça qu'elle m'a chanté. Je me tourne vers elle.

J'en oublie mon dîner, sors tout juste du feu la poêle improvisée, et puis je cours dehors. Il y a le grand chêne tombé qui offre sa ramure.
J'arrache les branchages et les feuilles, je fagote ardemment.
Je reviens chargé de vert et bardé de griffures.
Elle m'attend. Cou tendu.
Elle ne dormait donc pas.

Est-ce toi, grande diablesse,
par ton chant mystérieux,
qui m'a demandé ça ?

J'apporte le fagot, je le pousse
un peu plus loin que l'eau,
elle recule d'un pas
et ce simple mouvement
crée une petite secousse,
que je sens sous mes pieds.
Elle me guette, bouche fermée,
suspendue à mes gestes,
que j'exécute lentement.
Je pose le fagot, et puis je me retire.
À l'orée de la grotte, je m'arrête enfin.
Sa grande tête tourne et hume,
le bouquet de feuillage.
Et, d'un coup
elle le croque.

***

Je me sens
victorieux lumineux
soulagé.

***

J'avance sur le chêne, j'arrache encore des branches, je tire, je coupe, je casse, je soustrais à ce tronc de quoi nourrir la belle. Je peste aussi, je grogne, une volée de jurons de ne pas avoir de hache comme celles des bûcherons. Enfin, pantelant, j'apporte dans la grotte une seconde fournée.
Elle ne me guette plus, simplement elle m'attend.
D'un petit grondement, elle semble dire merci.

Quand sa gueule gigantesque enfourne ma brassée (pour moi presque trop lourde, pour elle minuscule)
je me sens,
je me sens…

Heureux et presque saoul.

D'un coup je me souviens :
la faim me scie le ventre,
moi aussi,
et j'attrape le casque,
pour engloutir à pleines dents
ma poêlée qui tiédit.

Maintenant, elle m'observe.
Je lui renvoie l'œillade.
Longue.

Son iris semble calme, comme des braises sereines.
Ce n'est plus le même œil
que celui, fou de colère, que j'ai croisé le jour où elle s'est écrasée.
Sa pupille est confiante
même si elle semble brûler
d'un feu bleu et intense.

Je termine mon repas, la regardant toujours. Au bout de quelque temps, elle se tourne.
Je pose la gamelle. Sans plus prendre garde au bruit. Je n'ai plus peur.
Et ce qui me traverse est doux comme la soie,
une certitude de paix.
Je suis fou !

Je sors. Un sourire a poussé sur mes joues et me gagne le ventre. Je respire. L'air semble meilleur.

Au premier pas hors de la grotte,
mon cœur s'immobilise.

Gerfaut est là,
la femme.
Avec cent hommes en armes.

Hommes et arbalètes
pointées sur mon cœur
qui bat à éclater.

Non, ils ne sont pas cent. Peut-être trente.
Je suis une statue.

Elle me parle, elle s'avance. Gerfaut. Ton dur, je n'entends pas. Des soldats me saisissent.
Je gigote,
on me ligote.
Ils font peu de bruit. Ils doivent se méfier d'Elle. Je me dévisse le cou pour voir la grotte. Les a-t-elle sentis ?
Alors
je lâche un cri. À Pleins poumons.
Je hurle
pour la prévenir.

Une méchante torgnole me bigorne le front.

***

Gerfaut
est là quand j'ouvre un œil.
Je n'en ouvre qu'un. L'autre est une masse de douleur, qui sourd du front à la mâchoire.
Je suis attaché. Des fers aux poignets. Ma chaîne est fixée à un anneau, lui-même accroché à un… mur de bois. Où suis-je ?
Maintenant que j'y prête attention,
ça tangue légèrement.
Je dois être dans la cale d'un aéronef.

– On se réveille ? demande la femme.
Elle ne semble pas se soucier que j'aille bien. Elle est assise sur une banquette de bois. Une jambe repliée sur l'autre. Peu éclairée, par une meurtrière derrière moi.

Son visage ne montre rien.
Je ne dis rien.

– Ne me fais pas le coup du prisonnier silencieux, jeune imbécile. Tu ne m'intéresses pas. Je suis venue pour la grande cornue, en bas.
Elle souffle par le nez, une fois, sèchement.
– Toi aussi, tu es venu pour elle.
Je ne dis rien.
– Le drôle, c'est ça ?
Je frémis.
Elle se souvient de moi.
Ou alors… ?
Chef, est-il là ?
L'a-t-il menée jusqu'à moi ?
La panique me percute.
– Tiens, là, ça cogite, hein ? Tu as abandonné ta petite troupe, et pas pour rien. Pour la dragonne. La Kyanole, dans son trou.

Elle sort de sa botte une dague fine, perce-maille acérée.
Se cure les ongles avec.
Je déglutis. J'acquiesce.

Kyanole. Son nom ?

– Explique-moi, poursuit Gerfaut avec le plus grand calme, et, ne crois pas que cela me pose le moindre problème de te couper chaque phalange jusqu'à ce que tu causes. Pourquoi tu es revenu là, le drôle ? Parle.
Elle se lève et pointe sa lame vers mon œil.

Elle le fera. Elle est comme Chef,
elle sait tuer, sans plaisir,
sans états d'âme.

Je bredouille.
– J'ai… Je n'ai pas pu m'en empêcher. Je l'ai vue, le jour où elle est tombée. Et puis, j'ai vu son œil.
Elle hausse un sourcil.
Dessine une arabesque avec sa fine dague.
– Tu imagines ma surprise, le drôle, quand je reviens voir où en est cette grande femelle, dans sa grotte que je n'approche pas sous peine de finir carbonisée, et que j'aperçois un vermisseau en sortir, frais comme une couleuvre, pour aller lui servir le petit déjeuner. J'ai peine à croire qu'un ignare comme toi puisse avoir l'idée de ce que mange un dragon.

Je hausse les épaules. Comment le pourrait-elle ?
Aussitôt, la dague me pique la gorge et mon crâne se cogne contre le mur.
– Que sais-tu des dragons ?
Ses yeux sont grand ouverts. J'y vois

de la lumière. De la folie. Du meurtre.

– Rien, madame. J'ai rentré du bois pour le feu. Et là, elle a tendu le cou pour manger des feuilles. Alors j'ai deviné.

J'ai menti
comme ça.
Sans l'avoir préparé.

Gerfaut baisse son arme, ses paupières retombent. Le masque revient, froid.
Elle me tourne le dos, frappe deux coups à la porte.

– Nous aurons le temps d'en reparler. J'ai à faire. Et quelqu'un veut te voir.
L'ombre d'un sourire soulève un coin de sa bouche.

– Fais-lui bon accueil.

Il entre.
Chef.

La porte se ferme derrière lui,
j'entends qu'un garde est posté à l'entrée.

Je n'ose pas le dévisager. Il soupire, s'assoit sur la banquette, en face. Pose les coudes sur ses genoux, passe la main sur sa bouche.
Il attend que je le regarde vraiment.
– Chef, je salue dans un souffle.
Je me rends compte à quel point il me fait peur.
À quel point sa seule présence, me rend
petit
couard
honteux.
– Le drôle, dit-il.
Puis, silence.
Je le regarde enfin. Il me transperce de ses yeux bruns. Sans que rien ne transpire qu'un simple agacement.
– Il s'est passé quoi dans ton petit crâne ? Il s'est passé quoi
pour que tu désertes ?

Je déglutis à nouveau.
Déserter. Dit comme ça, c'est terrifiant. Je ne peux pas lui expliquer. Les mots naissent dans mon petit crâne, justement, mais ne peuvent pas franchir mes lèvres.

Je voudrais lui dire :
Le cheval, le dragon,
les gifles de Tanneur,
le silence de Rody,
son mépris à lui, Chef,

et la foutue auberge, et puis la foutue dague, qu'il m'a mise dans la main, et le regard du type, un gamin comme moi, que j'ai planté dans le ventre.
– Je ne sais pas, Chef.
– Ce n'est plus *Chef*, pour toi, désormais.
C'est dit calmement. Je n'ai rien à répondre.
– Je ne suis plus ton Chef. Tu as quitté mon service. Très bien. Mais ce qui me chiffonne, c'est que tu m'as doublé.

Il se penche jusqu'à ce que son nez frôle le mien. Son haleine, sa sueur, les relents de sa broigne, de la graisse sur sa dague. Chef.
– Je passe pour quoi, moi ? dit-il dents serrées.

Il s'écarte, parle moins fort. De peur qu'on entende la suite, peut-être.
– Tu l'aurais dit, le drôle, que t'avais vu un dragon, on aurait pu faire quelque chose, nous tous. Oui, tu m'entends. *Nous*.

Ta bande.
Ta troupe.

Tu sais ce que ça vaut, un œuf de dragon ? Je ne savais même pas qu'ils existaient pour de vrai. Tu imagines la rareté de ce truc ? Tu te vois… changer de vie ?

Arrêter le trimard ?
Dormir au chaud ?

Je ne dirais pas non, moi non plus, tu sais, ça gamin, avoir le cul dans la soie, et boire autre chose que de la vinasse aigre.

Je ne réponds rien. Il reprend :
– À ton avis, on s'est dit quoi, *nous*, quand elle nous a pris pour la suivre, la patronne, là, quand on a vu ta petite tronche se pointer à l'entrée de la grotte
où on venait chercher un œuf de dragon ?
Silence.

– Comment t'as pu faire ça, le drôle ? Penser qu'à toi.
Il cogne à la porte pour qu'on lui ouvre.
– Et Rody ? Ton frère, t'as pensé à lui ?
Il cogne une deuxième fois.
– Je ne sais pas ce qu'elle va faire de toi. Moi, si je te recroise…
La porte s'ouvre sur un garde Pâle ; avant de disparaître, Chef dit :
– … tu sais ce qu'on fait aux déserteurs.

***

Penser qu'à moi.
Voilà ce qu'ils croient. Ils ont tort. Je me fous des richesses. Eux ne pensent qu'à ça. Je ne savais même pas qu'elle portait un œuf. Je n'ai pensé qu'à elle. Et, pourtant, je m'en veux.
Oui, j'ai abandonné Rody.
Je n'ai plus de frère.
Je n'avais déjà plus de mère,
Chef a raison,
je n'ai plus de troupe, de clan.
Je n'ai plus de dragon.
En fait je n'en ai jamais eu. Je lui ai juste chanté des chansons. Bercé par l'idée qu'il m'arrivait quelque chose de
bien.

Chef vient me jeter sa haine à la figure. Il ne fait qu'aviver la mienne. J'avance jusqu'à la meurtrière. D'ici je vois un bout de l'île. Même un bout de l'entrée de la grotte, en m'écrasant la joue contre le bois. Je vois, en face, l'aéronef brisé. J'aurais aimé avoir le temps d'y courir pour envoyer une dondaine percer le ballon d'un autre navire avec la baliste. Attraper l'arbalète et tuer Gerfaut.

Ha ha !

Tuer ?

J'en suis bien incapable.

Je secoue les chaînes et les menottes de cuir épais qui m'entravent. Ils m'ont désarmé du petit couteau. Évidemment. J'attends.

Je chantonne à voix basse.

Que vont-ils faire de moi ?

Je pense à Chef. Il travaille pour Gerfaut, maintenant. Pourquoi ?

Simplement pour la paie ?

Quand ils en ont parlé, Tanneur n'a pas compris pourquoi il voulait rejoindre l'armée des Pâles.

***

Le temps est long.

Je surveille l'entrée de la grotte, parfois je la vois, d'autres non, cela dépend des vents. Je les guette de ma prison flottante.

En bas, les Pâles ne s'avancent pas. Ils rampent derrière le chêne, sortent la tête, visent d'une longue-vue. Ils ne peuvent la voir. Il fait trop sombre au fond, et elle reste terrée, dans sa flaque noire.

Un type, un garde,
me porte une gamelle de gruau.
J'ai un trou pour faire mes besoins.
Une couverture pour la nuit.

Combien de temps vais-je rester ici ?

***

J'essaie de parler au garde, le deuxième jour. Il ne répond rien. Il semble être agacé d'attendre, lui aussi. C'est un type élancé, tignasse brun foncé, peau diaphane, couverte de truitures.
Je dis « merci » quand il apporte à manger. Et alors il me jette une pupille de paon.
– Ferme-la.
Il sort et je ris. Pourquoi me gardent-ils ?

Je chante un peu,
je perds le fil du temps.
Je pense à la dragonne.

J'aimerais tant la revoir. Que vont-ils lui faire ? Chef a parlé d'un œuf.
Moi, je n'ai pas vu d'œuf…
J'aimerais en savoir plus, poser des questions à Gerfaut.
Que veut-elle faire de moi ?
Je m'enfonce la joue dans l'encoignure.

Ils ne font pas de bruit. Pour des foutus soldats, ils ont le pas léger. Ils approchent. Ils veulent son œuf.
Ils passent derrière le chêne… mais le vent a tourné et je ne peux plus rien voir.
Pensent-ils qu'elle ne se doute pas ?
J'ai bien fait de crier.
J'ai bien fait.

Maintenant que j'y pense, c'est ma seule bonne idée. En voyant l'aéronef, j'aurais dû me douter. Que les Pâles reviendraient.
Ne serait-ce que pour récupérer les vivres, les armes.

Qui abandonnerait un navire équipé ? Et maintenant c'est moi qui suis échoué,
qui ai échoué.

– La ferme !
Je sursaute.
J'ai parlé à voix haute.

Si j'étais dans la grotte, elle m'aurait répondu.
Je ne la verrai plus.
Jamais.

***

Trois jours.
Je compte les planches. Je chantonne les bribes de chansons qui me reviennent. Et j'en invente d'autres. Je commence à sentir mes pensées s'enfoncer dans l'ennui, la folie me guetter.
Je n'ai rien pour écrire. Pas même un bout de charbon. Ni un foutu clou. J'ai eu le temps de chercher, tâtonner dans la cellule, aussi loin que ma chaîne le permet.

Alors,
je me récite
les comptines que j'invente.
Je marmonne à voix basse,
de peur que le gardoche
me dise de me taire.

Il grogne, le bougre, et maudit à tout vent sa cheffe et ses lieutenants. En un mot : il s'emmerde. Car il se fout pas mal d'attraper un dragon, lui. Il est seul et, comme moi, il tourne ses pensées sous son front, jusqu'à la nausée.

Laisser à un seul homme un aéronef à garder me paraît peu prudent. Mais nous sommes dans une zone

absolument perdue.
L'aéronef flotte, arrimé à Jachère, par des cordages bruns, épais comme mes bras.

Je chantonne pour ne pas penser aux mots de Chef, qui me claquent le cœur :
Abandonné mon frère ?
C'est stupide, et pourtant
je m'en veux,
je ressasse.
Cela me met en rage, il n'a sûrement rien dit, Rody. Pas un mot, c'est certain. Pensé qu'à moi ? C'est fort. Et lui ?
A-t-il eu dans les yeux,
une quelconque tristesse ?
L'ai-je abandonné, Rody ?
Vraiment ?

Je tire sur mes chaînes, la douleur me détend.

Je chantonne, j'apprends par cœur les mots qui me viennent. Car ils prennent d'assaut le silence qui ne cesse de s'enfler. C'est comme une prière,
et c'est Elle que je prie.

Toi la grande, la belle, l'obscure luisante guivre,
aux ailes d'encre et de pourpre, reste là, bien au fond.
Garde ta panse d'écaille à couvert dans les ombres,
garde-toi de nos traits, nous sommes des hommes cruels.

Surtout, méfie-toi d'elle, la guerrière glacée,
celle qui m'a enchaîné.
Elle te fera de même, car elle respire l'acier.

Trois jours, longs comme des ans. Ma comptine est apprise, je la fredonne à la fenêtre, un peu plus fort chaque fois. Espérant qu'elle m'entende,

ou que ce lien secret
que j’ai senti une fois
veuille traverser les airs
pénétrer sa tanière.

Et puis, la quatrième nuit, c'est le feu qui m'éveille.
Des flammes,
comme des coups de pinceau,
jaunes, éclatantes, dispersent les ombres
par la meurtrière.
Je me lève.
Dehors, le chaos.
Je vois une silhouette dansant sa combustion, qui trébuche, court puis tombe,
tison de chair, éclair,
qui perce les ténèbres.

Je me colle à la meurtrière, souffle coupé : le chêne tombé est un brasier, des silhouettes noires s'agitent autour, certaines qui s'éparpillent, d'autres qui tentent de sauver les brûlés.

Et des cris de terreur,
qui percent la torpeur,
l'odeur du souffle fou
qui terrasse les ombres.

Les cris cessent soudain
quand une volée de flèches
achève les condamnés.

Le silence qui suit est pesant comme une île. Il n'y a plus que le vent et le craquement des flammes. J'observe leurs pas de danse jaune et blanc sur les branches inertes, et les escarbilles qui narguent les étoiles jusqu'à l'endormissement.

***

– Toi !
Gerfaut me soulève, deux gardes à ses côtés, un troisième avec une torche. On me colle au mur avec force,
on défait mes liens
on me jette sur mes pieds.

– Suis-moi.
Trébuchant sur les planches, je peine à marcher. L'arrivée fracassante de Gerfaut et ses hommes en plein cœur de ma nuit me paralyse. Un garde me pousse hors du cachot.
Dans cette nuit d'encre, je suis les pas de la générale, les pétales dansants de la torche, le long d'un couloir encombré de tonneaux, de caisses, de cordages, de mes pieds qui trébuchent, de leurs bottes qui claquent, pour sortir sur le pont.
Activité partout.
Lampes à huile déployées,
des hommes arriment une poulie,
d'autres tirent sur des cordes.
L'aéronef est suspendu à quelques pas du sol,
comme un insecte géant et silencieux.
Gerfaut emprunte les marches sur le côté du bastingage,
on me pousse, je descends.

Me voici sur une île.
Pas celle de la dragonne, celle avant le pont de pierre, que j'avais nommée Jachère. Je m'étais bien repéré.

Comme le garde me presse encore d'une main dans le dos, je suis Gerfaut et sa cape, son pas vif et ses bottes hautes à travers un chemin de torches dans la forêt. Des troncs coupés. Une clairière récente.
Au centre :

un autre aéronef, plus grand encore.
Je ne distingue pas bien,
mais c'est un « trois ballons ».

Monumental,

il flotte au centre de la trouée. Un colosse oblong de poutres ferrées, hérissé de pointes gladiolées qui menacent par les sabords.
Autour : des soldats, des feux, des tentes.
Je hume l'ambiance d'une armée en campagne, ses odeurs de tambouille, de feux, de pieds, de cuir sale. Manque la merde des chevaux.
Gerfaut grimpe rapidement les marches de la coupée. C'est haut comme trois maisons. Je m'essouffle. Me voici sur le pont.

Mille dieux quel navire !

Les immenses ballons me surplombent, arrimés par mille cordes.

On me bouscule encore, me conduit en vitesse. Une porte ouvragée. Une vaste chambre. La cabine de Gerfaut, bureau couvert de cartes, éclairé de lampes à graisse.
Elle prend place dans un fauteuil matelassé de cuir rouge. Elle me désigne la chaise en face d'elle. Je m'assois.
– Sortez tous.

Elle ne hausse même pas la voix.
Les soldats s'exécutent,
la porte claque.

Nous

sommes

seuls.

Elle sort deux timbales de fer de sous son bureau, y verse un alcool doré, en pousse une vers moi.

Elle ne dit rien.
Me dévisage.
Je ne bouge pas.

Ses yeux sont deux pastilles glaciaires, je ne peux réprimer un tremblement.

Elle taille dans le silence, comme tranche le sabre :

– Il y a quelques heures, j'ai fait avancer dix hommes, pour savoir si la dragonne avait pondu.

Rien d'autre. Elle attend une réponse.

Je ne pense qu'à l'œuf, l'œuf qu'a évoqué Chef. Il est encore au chaud dans ses entrailles à elle. Je me ragaillardis.

– J'ai vu les flammes, dis-je.

Gerfaut porte la timbale à sa bouche.

– Mes hommes aussi. J'ai perdu les dix soldats qui s'étaient introduits dans la grotte. Six autres, ceux qui ont tenté de les secourir, seront morts demain.

Elle ne parle pas
de la volée de flèches
qu'elle a fait décocher
pour les achever.

– Je suis désolé.

Je n'arrive pas à me sentir malheureux pour eux. Ils viennent pour lui prendre son œuf, la dragonne se défend. Elle a raison. Elle a le droit.

Gerfaut pose les coudes sur le bureau, me vise droit dans les pupilles.

– Tu es désolé ? Je m'en fous. Ce que je veux savoir, c'est : comment se fait-il que tu aies pu entrer et sortir de cette grotte vivant ?

Je ne vais pas lui dire,
non certainement pas,
à cette femme de guerre,
acérée comme une dague.

Je ne vais rien lui dire,
mais je dois bien parler.

– Je… je crois qu'elle s'est habituée à ma présence. Et puis, j'étais tout seul, je ne suis qu'un gamin, je ne représente aucun danger pour elle.
Gerfaut ne fait même pas la moue. Le même souffle glacial sourd de son visage.
– Ne me raconte pas qu'elle s'est habituée. Ça, c'est ce que tu supposes. Ce que je veux, c'est savoir, exactement, de quelle manière tu t'es approché de la grotte.

Je hoche la tête
ma tête de gosse apeuré
ma tête de petit pleutre qui d'ordinaire pisserait dans son froc à l'idée de mentir.

– Elle dormait, madame, quand je suis entré. Il faisait presque nuit, j'avais froid. J'ai rampé pour ne pas faire de bruit, mais au matin… le dragon a rugi. J'en ai chié dans mon froc.
– Pourquoi y revenir ?
Des pointes d'acier me percent la gorge. Je dis la vérité.
– Je n'ai pas pu m'en empêcher. Je… c'est la première fois que je vois un dragon, madame. Et je n'ai jamais rien vu d'aussi beau.
Comme elle goûte à son verre, j'avale une gorgée. Ça coule comme du miel bien que l'alcool soit fort.
– Elle doit être blessée, c'est pour ça que je lui ai apporté de l'eau. Si je n'étais pas une menace, elle ne me tuerait pas…

– Elle ? Pourquoi *Elle* ? Comment, toi gamin, as-tu pu deviner que ce monstre de crocs était une femelle ?
– C'est vous qui l'avez dit, madame. Vous avez dit « la dragonne » quand vous m'avez attrapé il y a trois jours. Avant, je ne savais pas.

Ça m'arrange, car je sens comme un piège.
Elle doit s'imaginer que Chef m'a laissé là,
que nous étions en chasse ; parce que j'en sais trop,
que ça lui paraît louche.

Gerfaut serre les lèvres, cela lui semble crédible – mais tout de même cela l'agace. Je suis une carte dans son jeu dont elle ne sait que faire.
Elle tapote des doigts sur sa timbale.
J'ose encore porter la main sur la mienne. C'est sucré, fort. Je tousse.
– Ta bande et toi, comment saviez-vous que nous poursuivions un dragon ?
– On ne savait pas, madame. On est venu ici pour fuir… pour… pour être tranquilles quelque temps.
Un sourire. Bref. Sincère.
– Tu parles bien pour un écuyer.
– On m'a appris à lire. Avant de rencontrer Tanneur et Chef.
– Sacré loustic, ton « Chef », hein ?
– Je ne sais pas, madame.
– Pourquoi les as-tu quittés ?
Je hausse les épaules.
– J'avais vu le dragon. Je voulais le revoir.

Elle me perce l'iris
de son regard bleu et froid,
bouche pincée pour me dire d'un ton de confidence :

– Fascinant, non ? Cette créature gigantesque qui sait cracher le feu.
Elle se renfonce dans son fauteuil, fait tourner son verre en perdant son regard dans cette lente rotation. Elle marmonne, comme pour elle-même :

– Et puis la douceur des écailles,
et cette sensation
lorsqu'on les chevauche.
Elle fait claquer son verre sur la table.
– Tu es désormais commis de cuisine, le drôle. Sors. Je te ferai chercher si j'ai besoin de toi. Si tu tentes de t'échapper, c'est « Chef » qui sera chargé de te couper les deux jambes.
Elle profère la menace sans y mettre le ton. C'est simplement un fait.
Elle se ressert un verre.
– Sors, j'ai dit. Tu es libre.
Je salue d'un hochement de tête,
pousse la porte rapidement,
avale l'air de la nuit.
Un soldat, jeune et glabre, me fait signe d'approcher. On me dit libre, puis je dois suivre. Tels sont les gens de guerre.
Être libre, pour eux, c'est n'avoir point de chaînes.
Faire le larbin, aller où ils l'ordonnent, agir comme ils le disent, sans faire d'objections, voilà bien l'horizon vaste, le plus lointain possible, le seul envisageable de l'esprit de ces hommes.

Quand on est venu me prendre, et Rody, chez ma mère, le type, le sergent, a eu un mot joyeux :
– C'est la réquisition.
Ces gens-là ne pillent pas,
n'enlèvent pas,
ne trucident jamais.
Ils prélèvent l'impôt.
Réquisitionnent les hommes.
Défendent le peuple.
À se demander quel mot ils emploient quand ils vont chier.

Alors, je marche derrière le type, dans le vaste vaisseau, ses couloirs de bois et ses portes à la file. En voilà une, qu'il me désigne :

– Tu dors là.
Il me fait avancer, une main sur l'épaule.

Le dortoir, c'est
une cabine, longue, sombre et encombrée, sous la forme d'un couloir bas, flanqué de couchettes superposées.
Quelques lampes suspendues diffusent une flamme ténue et une odeur de graisse cuite. Ça ronfle un peu, ça cause, le soldat me pousse.
– Trouve-toi une couchette.

Une dizaine de têtes émergent des couchages. Des types me reluquent, et quelques femmes aussi.
Cela m'étonne un peu.
J'avais cru que Gerfaut
était la seule femme à bord.
– Ça ne devrait pas être trop dur à trouver, lance l'une d'elles, regard noir depuis sa paillasse. Y a des couchettes qui se sont libérées, pas vrai ?
Elle peut avoir une vingtaine d'années, la tignasse brune, le visage rond.
– C'est toi le gamin qui entre dans la grotte.
Je ne dis rien.
J'avance.
Elle m'agrippe au passage.
– C'est toi ?
– Laisse-le, Kris, c'est qu'un gosse.
Une autre voix s'élève :
– Et Gerfaut le veut entier.
Elle me lâche.
Une poigne de guerrier.
Toutes et tous me percent d'un regard meurtrier.
Je suis dans le dortoir
des soldats qui ont vu
leurs compagnons périr…

Et de celles et ceux qui les ont achevés, sous les ordres de Gerfaut.

Je me sens
minuscule,
fragile,
menacé.

Je me trouve une couchette, au fond.
Demain, je suis de corvée. Je suis de tambouille.

Dans le couloir, le soldat m'a dit :
« Tu demandes la maïence. »

Comme je reste assis,
les soldats en chemise me dévisagent.
Alors je retire mes chausses et je me couche.
Pour ne plus les voir.

Quand le matin arrive, je n'ai pas dormi.

Un soldat entre et clame :
– Debout !
Dans le dortoir, moi j'attends
que tous ces soldats s'extirpent de leur couche pour glisser dans leurs jaques, et enfiler leurs bottes. Ils et elles se jettent quelques railleries, accusent les gros ronfleurs,

– Toi c'est ton cul qui ronfle.
– J'ai rêvé de ta mère.
– Je risque pas de rêver de la tienne !

L'un d'eux ouvre un sabord. L'air frais me fait du bien.
Aucun ne me parle.
J'attends que le couloir se vide totalement, puis je me lève aussi.
J'enfile mes souliers. Coup d'œil par le sabord, je ne vois que des arbres. Je sors, personne ne me surveille. L'idée de
fuir
me traverse le ventre.

Mais fuir,
ce serait
être loin d'elle.

Je traverse un couloir.
– Soldat ? On m'attend à « la maïence » ?…
– Par là.
Je vais un peu plus loin. Je demande encore aux soldats que je croise. Certains, trop occupés ne répondent pas, d'autres tentent le doigt,
l'un d'eux me dit : « Au bout. »
J'avance dans les coursives, où tant de soldats, hommes d'équipage, tous vêtus de blanc commencent à s'activer dans la torpeur du matin, tandis que d'autres, ceux qui veillaient cette nuit, rentrent pour se coucher. En haut d'un escalier, je me retrouve sur le pont. Le soldat qui, la veille, m'a guidé jusqu'au dortoir, me hèle d'un pont supérieur, air mal-aimable :
– Le gosse, à la maïence !
Des soldats se retournent pour me toiser, l'air surpris de me trouver là.
– 'Sais pas où c'est, Sergent.
– « Lieutenant » ! En face de toi, la porte, tu descends.
Je traverse le grand pont, évite un homme chargé d'un seau. Je pousse la porte de bois. Couloir sans torche. Au bout, une autre porte, ouverte sur une pièce,

où cela sent la bouffe, la pitance, le graillon,
où la chaleur des feux vient me lécher les joues
où vole la farine, bouillonnent les marmites,
où je sens de délicieux relents de friture.

Mon estomac, aussitôt, réclame d'être rempli à grondements gourmands.

— Hé, pour toi c'est plus tôt que ça !
C'est bien toi, l'aide-cuistot ?

J'entends la voix qui dodeline, avant de découvrir le bonhomme.
Les cuisiniers que j'ai rencontrés, dans les auberges de ville, sur les campements de guerre, sont gras comme des oies.

Celui-ci est une perche,
il est grand,
fin,
délié,
voûté sur une pâte, qu'il s'échine à pétrir. Il ne me regarde pas.

– Le tonneau, deuxième, bâbord, t'attrapes une louche. Tu verses là-dessus, c'est trop sec.

Je cherche la louche.

– Au-dessous des casseroles, nan les autres.

Et me voilà qui verse l'eau sur la pâte, lui qui étale, qui dit :

– Couteau.

Je cherche une lame.

– Nan, le truc plat, l'espèce de spatule, avec le manche rond, là.

Je le tends, il coupe, forme de petits pains. Il n'est pas vieux. Sûrement plus jeune que Tanneur. Visage long, sec, pâlichon. Alors que les soldats portent tous et toutes le cheveu court, il traîne une tignasse mal rangée sous un bonnet blanchâtre.

– Du bois, derrière les battants là. T'ouvres le four. Dessous. Mets un gant ! C'est chaud. Sang de coprin, t'es pas cuistot toi, p'tit. Et pourquoi qu'ils t'envoient ?

La chaleur qui s'échappe manque de me brûler les sourcils lorsque je pivote le battant de fer.

– Fourre-moi trois bûches là-d'dans. Allez ! J'suis pas d'l'avance, là.

Dans le capharnaüm, de sacs et de tonneaux, de placards débordants, je trouve les bûches qu'il vient de désigner. Je charge le four.

– Ferme bien ça, p'tit. Le feu sur un rafiot, c'est un truc sérieux. Tu sais comment ça vole ?

Je n'ai pas le temps de répondre qu'en fait je n'en sais rien. Sur les îles d'où je viens, les petites gens comme moi n'ont jamais de ballons. Au mieux, on voit des *druches*, ces ballons de fortune que les cultivateurs arriment aux

grosses hottes, pour porter leurs récoltes. L'homme lève un doigt d'expert, long et blanc de farine :
– Gaz de champis, gamin, je sais plus quelle espèce, ah si, la dal-di-nie, mélangée à un autre, c'est léger, ça porte bien, ensemble ils font du gaz. Mais si t'as une étincelle, une seule. Vooouf !

(Cela me fait sourire.)
On sera aussi rôtis que les gars de cette nuit.
Vache ! Ils ont mangé chaud, 'tain, c'est le cas de le dire. Faut pas rigoler p'tit, c'est pas marrant, quoi, merde.

(Je souris toujours.)

Le type ne s'arrête pas :
– Maintenant les pâtons, tu vois comme je les coupe ? Toi tu m'en fais des boules, là, remets de la farine – sur la boule, pas par terre !
Ainsi commence mon apprentissage.

Sa litanie me submerge, il faut travailler vite, je n'ai pas le temps de penser, il faut cavaler là, ouvrir le sac, refermer faire le bon nœud.
– T'es pas matelot, non plus !
Et tout en causant,
remplissant la cuisine de ses explications,
il enfile les pains au four,
m'expose le temps de cuisson,
avec quelles graines on peut faire des farines,
et quelles levures font gonfler la pâte,
lesquelles se gardent mieux.
– Tu les connaissais toi, les gars qui ont cramé ? Y avait cette fille aussi, Salmène, un truc comme ça. Moi j'aimais bien Harpon, un gros, tu te rappelles pas ?
Il cause, je souris. Ça n'appelle pas de réponses. Il parle, voilà tout. J'écoute et j'apprends. J'aime bien sa voix, je crois.

Puis il y a comme une pause.

Il remet quelques bûches.
Il y a le silence.
Là, il ne dit plus rien.
– Nous c'est maintenant qu'on bouffe.

Il sort deux petits pains préparés bien plus tôt de sous un chiffon blanc. Ça me monte aux narines, cette pâte gonflée, craquelée sur le haut, son panache de farine sur ses rebords noircis. Il pose aussi un pot (ce doit être du miel), attrape un long couteau, tranche dans l'un des pains.
– T'es pas viande le matin ?
Je hausse les épaules, je n'ai jamais eu l'occasion qu'on me demande mon choix sur ce qu'on peut manger.
– Je sais pas.
– Moi non plus, pis c'est cher. Ça se garde mal en plus, sauf à s'traîner des poules. Pas con sur un rafiot. Mais c'est plus pour les œufs. Et puis, ça chie partout.
Je lâche un sourire.
Je tends la main vers le pain. J'en respire la croûte.
– T'es de quelles îles toi, p'tit ?
Et là il me regarde, de biais, pas dans les yeux.
– Les îles Cases. Je réponds.
– Connais pas. T'as déjà vu Esgaure ? Ah, c'est qu't'es pas un Pâle. Tu m'diras, moi non plus. Je venais des Darmelles, j'ai fait quelques campagnes, un jour j'ai vu madame, et elle m'a embauché.
– Gerfaut.
Il prend un air important. Parle plus bas, plus grave, sur le ton d'un sujet qui ne se plaisante pas :
– Ouais, la patronne. Ça, gamin,
ça,
c'est pas une rigolote.
Il croque dans sa tartine, dresse l'index souverain.
– Mais elle s'fout d'où tu viens. Si tu trimes, elle te garde.
Il mâchouille, déglutit.

– Et pourtant, j'vais te dire, c'est pas trop le style, sur les îles pâloches… Sont du genre à pas trop se mélanger. Ça reste entre Pâloches, ça n'aime pas trop les autres. Toi t'es dégourdi, ça se voit de suite, p'tit. Pour ça qu'elle t'a repéré. Elle a l'œil.

Dégourdi ? Moi ?

– Je sais pas si c'est pour ça.

Je croque le pain grillé. Qui croustille de plaisir quand mes molaires l'écrasent. Délicieux, cuit à point. Cela fait des semaines que je n'ai pas aussi bien mangé.

– C'est bon.

– Tu trouveras pas un cuistot qui le fait mieux que moi. Et encore, avec ces fours-là, c'est pas parfait.

– Ce pain est parfait !

Il sourit.

– C'est qu'elle aime le bon pain.

Le cuistot continue l'exposé sur Gerfaut.

– Son armée à elle, elle est un peu à part du reste des légions. Elle fait un peu ce qu'elle veut, et puis, c'est une baronne, sœur du Roi Pâle, et tout…

Du coin de l'œil, il guette un sablier.

Au dernier grain qui tombe, il déroule sa longue carcasse : vif comme un écureuil,

il ouvre la porte du four,

tout en mâchant son pain,

et sort sa fournée. Dieux morts, que ça sent bon !

– Tu me fourres ça dans les huches. Nan. Les gros paniers ronds, pas dans les bûches, dis donc. Gaffe, c'est encore brûlant. Pis on s'tape deux étages, faut qu'ils bouffent sur le pont, là-haut, là qu'ils turbinent.

Au travers des couloirs, dans l'ombre du grand bonhomme, j'évite comme lui les cordes que deux gars démêlent.

Nous montons les étages, nos lourds paniers en main.

Je frôle les ballons, immenses panses gonflées qui font flotter la caisse. Est-il vrai qu'une étincelle nous ferait tous flamber ?
Une fois sur le pont, il ne fait pas bien clair : une brume coriace est tombée sur Jachère, enveloppant les taillis, les mâts, et les cordages. Les hommes sur le pont semblent fantomatiques.
– La boustifaille, matelots ! lance gaiement le cuistot aux silhouettes dans la brume.
Un soldat arrive à grands pas. Il prévient à voix basse :
– Laisse ça là, Gargote, et fais moins fort... on offre les morts au ciel, ce matin.
– Oh, pardon.
Le cuistot, « Gargote » donc, retire le galurin qui lui couvrait le chef, révélant une calvitie déjà bien avancée, pour un type pas si vieux.
Je me tais, tout comme lui.
Le silence alentour me semble soudain lourd.
Un soldat, en contrebas, commence à dire les noms
des hommes,
et puis des femmes,
qui sont morts cette nuit.
– Amarante, couleuvrinière, servait sur *Le Monarque*. Elle rejoint ses ancêtres, parmi les ombres et les flammes.
– Parmi les ombres et les flammes, répètent les soldats.
– Les îles Pâles te sont dévouées.
Un autre nom vient, puis cette phrase qu'ils répètent. À mes côtés, le cuistot, main sur le cœur, répète avec eux.
La brume s'espace, je vois mieux.
Les corps,
entourés d'un linge blanc,
reliés à une baudruche,
sont poussés dans le vide,
et doucement
s'élèvent.
C'est comme ça que l'on fait, sur les îles d'où je viens.

Sauf pour les Airains, qui enterrent leurs morts au pied de leur grand arbre.
Je me souviens de ma seule sœur, petite, minuscule, qui ne marchait pas encore. Ma mère l'avait enveloppée dans un beau fichu rose. Elle avait payé cher

pour la baudruche blanche
qui l'avait emportée
loin, dans les îles hautes,
où elle gambaderait
dans les rires, à jamais.

Les soldats déclament.
Les morts montent.
Se fondent, capes blanches,
dans le brouillard qui les digère.
Jusqu'au dernier.

Puis, comme chacun retourne à sa tâche, le cuistot me fait signe et nous rejoignons les fours. Cette fois sans un mot.
Et je pense à ma sœur, ce bébé minuscule, et comme ma mère s'est tue, racornie, éteinte, quand elle a disparu. Un voile de cendres froides s'est déposé sur elle.

Et sur nous.

***

Je termine épuisé par le rythme de la journée. Certainement aussi par l'ingurgitation forcée de ces mots qui s'égrènent de la bouche de Gargote dans un flot continu. Pour ce qui est de causer, entre lui et Rody, faudrait faire une moyenne, je me dis.
Je ris tout seul,

tombant sur la couchette
sans retirer mes bottes,
mes bras, mes pieds, sont

l
o
u
r
d
s,

je ne veux plus bouger,
pas un cil,
un orteil ;
je m'enfonce au tréfonds de la paillasse raide,
et puis
j'y disparais.

18

Je rêve
de la dragonne.
Sombre et douce
Noire et pure
ses reflets violets,
son chant leste
sa queue qui virevolte.

Je rêve qu'elle vole
lacets libres et déliés.

– Hé p'tit, c'est reparti.
C'est la voix de Gargote.
Son timbre nasillard tranche dans le doux rêve.

Merde, c'est pour de vrai ?

– Déjà ?
Titubant, je le suis.
C'est hagard, dans le couloir, que je réalise : cette fois, c'est fini.

Comment, de ces cuisines,
d'où je peux à peine sortir,
sauf pour aller pisser,
je pourrais, moi, le drôle,
de mes bras de gamin,
libérer la dragonne ?

Et empêcher Gerfaut de lui voler son œuf ?

***

Tandis que je mâche les petits pains croquants, que j'étale à mon aise l'or liquide du miel, c'est à elle que je songe, recroquevillée, là-bas.

Comme elle doit avoir faim.

Et la pensée m'arrache un hoquet de souffrance. Je peine à avaler le pain que je mastique. Gargote me tape le dos, puis me tend un gobelet.
– Mange pas si vite, petit, on manque pas, tu sais.

Mais sa voix se dissout,
car alors,
c'est elle, ELLE,
que je perçois.
Sa faim, que je ressens.
Il y a comme un souffle,
qui me passe dans le cou,
j'entends le grondement,
l'haleine de feu,
d'entrailles de braises,
qui me prononce,
des mots,
dont je ne saisis pas le sens.

Et pourtant,
les images sont là.
Étourdi, je
me sens mastiquer
ma dernière bouchée
de feuilles déjà jaunies ;
peur de manquer
pour le trésor doré
qui pousse dans mon ventre…

La brûlure d'une gifle me ramène aux cuisines. J'allais tomber par terre.

– P'tain, petiot ! Tu m'as fait peur !

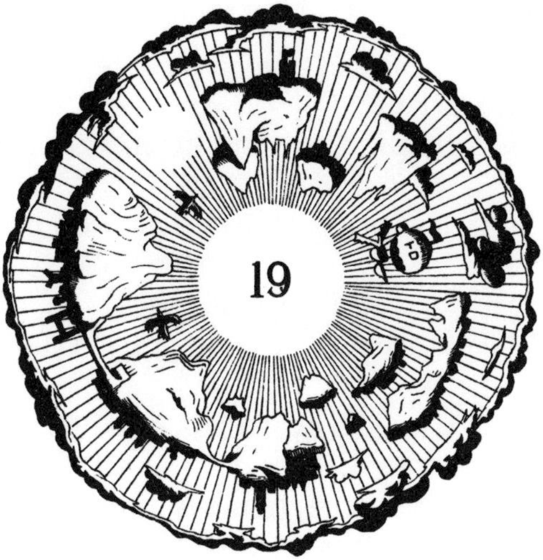

Évidemment, juste après ça, Gargote tire d'une caisse une bouteille d'eau-de-vie. Il s'en verse une rasade, m'en remplit un gobelet, avale le sien cul sec ; une grimace, un sourire :
– Allez, p'tit, tu me gobes ça d'un coup.
Et je fais comme il dit. Cela me semble étrange qu'il s'inquiète. Cela fait bien longtemps qu'on n'a pas pris soin de moi.
Je ne sais pas pourquoi, je ressens le besoin d'avaler du feu,

Elle m'a parlé.

Sa chanson, sa pensée, sa peur, sa peine, sa faim
ont traversé comme l'air l'épaisseur de la roche,
du vide entre les îles, de la brume et des cloisons
pour venir se planter, au fond de ma poitrine.
J'ai ressenti
ce qu'elle ressentait.

Et juste après que l'alcool m'a brûlé la gueule, ça en sort comme une pierre :

– Je dois voir Gerfaut.
Gargote, à peine remis de ses émotions, fronce un sourcil inquiet.
– Gerfaut, p'tit, faut pas la taquiner pour un poil dans la soupe.
Il a fichtre raison, mais j'ai les miennes.
– C'est qu'elle est occupée, la patronne. C'est quoi qui te pétrit ?
Ce qui me pétrit, moi, je ne peux pas lui dire, à Gargote.
– Je ne peux pas vous dire…
– Hé, p'tit ! j'suis pas deux, tu me tutottes.
– Pardon, je ne peux pas *te* dire. Gerfaut, si elle me garde, c'est pour une mission. Mais je ne peux pas le dire. Et j'ai la solution, enfin peut-être, je viens d'y penser.
– Là, maintenant ?
– Oui, il faut que je lui dise.
Le cuistot me larde d'un coup d'œil suspicieux.
– Moi, p'tit, je sais me taire. Je comprends les secrets… Mais je t'envoie pas à la patronne sans *bonne* raison.
J'attends un peu, pour faire mine de regimber, et je dis :
– Le dragon, dans la grotte, il se nourrit de feuilles.
Je laisse ces quelques mots infuser sa calebasse.
– Ça mange des feuillasses, ces bêtes-là ?
– Oui. Et je crois que j'ai une idée pour…
Je me tais.
Il circonflexe du sourcil, si fort qu'il semble disparaître sous son galurin.
– Je te l'ai dit. Je sais me taire. Alors, dis-moi.
Je chuchote ; il s'avance pour entendre :
– Gerfaut veut savoir dans quel… état est le dragon, mais personne ne peut s'approcher. Or moi, je suis le seul à pouvoir entrer. Si je lui apporte des feuilles, je pourrai aller voir dans la grotte, pour Gerfaut.
Le visage de Gargote devient indéchiffrable, presque froid.

– Tu sais p'tit, dans le fond, on sait bien tous les deux
que c'est toi, seulement toi,
que t'as envie d'y voir,
dans le fond de ta grotte.

Je déglutis.

Parce que je l'ai peut-être pris pour un idiot, ce qu'il n'est pas.

– Oui. C'est vrai.

Il se ressert un verre de gnôle,
ne m'en propose pas,
se l'avale,
pose le verre bruyamment,
fait claquer sa langue.

– Mais peut-être que ton idée plaira à Gerfaut.

***

Il faut finir ce qui est commencé. Surveiller la cuisson, sortir les pains. Apporter aux soldats leur ration du matin. Nettoyer la maïence pour les repas suivants, stocker dans la cambuse ce qui ne servira pas le jour même. Puis
quand tout cela est fait,
récuré, à sa place,
prêt à recommencer,
Gargote dit :

– C'est le moment, petit. On va voir la patronne.

– Vrai ? Je… bah, merci.

– Attends d'voir si elle dit oui.

***

Évidemment, dans le bureau face à Gerfaut, ses yeux réfrigérants, sa bouche d'inquisitrice, je bredouille mon idée, qui soudain, face à elle,
me semble dérisoire.

– J'ai pensé que la dragonne avait peut-être faim. Et que plutôt qu'envoyer vos hommes et risquer qu'elle les brûle,
je pourrais m'avancer,
avec des feuillages.
Je saurais vous le dire,
son état et tout ça.
Quand je me tais, je me dis que c'est fichu.
La générale me fixe.
Ses paupières se ferment, et elle lâche un soupir.

– Tu crois quoi, le drôle, que je n'y ai pas pensé, amadouer la dragonne, avec de quoi bouffer ?
Je reprends espoir.
– Peut-être que si c'est moi,
elle voudra bien ?
Gerfaut calcule. Cherche la trahison, l'entourloupe.
Car pour elle, forcément, il y en a une.
(Il est vrai que je ne suis pas franchement son allié.)
– Tu voudrais la nourrir, et puis qui sait, tu ne reviendras plus.
– Bah, c'est moi qui aurai faim. Enfermé dans la grotte.

Elle se lève, fait le tour de son bureau, s'accroupit, ouvre une lourde malle, y cherche quelque chose, le pose sur la table.
Un livre à la reliure de cuir, épais, usé, jauni.
– Lis cette ligne, gamin.
– Kyanole : nourriture : Chêne, Hêtre, Frêne.
– Bien sûr, il sait lire.
D'un claquement, le livre se referme.
– Toi et tes trois compères, plus je vous vois agir, plus ça sent la manœuvre.
– Je ne…
– Tais-toi.
Je me tais.
Elle me dévisage, mais je ne peux m'empêcher de porter le regard sur le livre refermé. Monographie manuscrite,

lettres en enluminures, dessins aux reflets d'or : voilà ce que j'ai aperçu. Des dessins bien plus beaux que ceux que j'ai pu voir dans les livres de mon maître. Des esquisses à la plume de dragons aux ailes déployées… J'aimerais pouvoir le feuilleter.

– Chêne, hêtre, frêne, tu sais les reconnaître ?
– Le chêne seulement, et puis le châtaignier qui se mange. Je connais mieux les champignons.
Elle exhale par le nez un souffle de mépris.
– Bien. Je vais… y réfléchir.

Gargote salue, bien droit, remet son galurin,
et me frappe dans les côtes afin que je n'oublie pas
de me fendre d'une courbette face à la grande dame.

***

Y réfléchir,
bien sûr.
Elle a besoin de moi mais elle ne veut pas le dire, pas l'avouer.

Mes pas dans ceux de Gargote. Vers le four, la maïence.
– P'tain, p'tit dans ce métier, faut savoir saluer. Merde, j'avais pas compris, mais t'es avec les nouveaux, pas vrai ? Ben tes gars, là, Tanneur, et m'sieur Hark et l'archer, c'est des soldats, pas vrai ?
Y réfléchir, Gerfaut va y réfléchir, alors que la dragonne meurt de faim.
– Quand t'es face à un officier, bah, y faut saluer.
Je ne sais même pas de quoi Gargote me parle.
– Ho, Gamin, c'est sérieux ! Avec d'autres chefs, tu ne salues pas, on t'cogne. Faut saluer. Ça veut dire qu'lui c'est le chef, toi t'es son… en dessous.
– Subordonné.

Gargote s'arrête, dans le couloir. Il ne me regarde pas droit dans les yeux. Mais je le sens indigné. La colère lui monte.
– Faut pas me faire de grands mots, gamin. T'es pas plus malin qu'moi si tu connais les mots. Ça aussi c'est le respect. C'est comme le salut.
J'ai envie de lui dire à quel point je m'en fous.
Je me tais. Il a raison.
Je sais. Juste par mon ton,
j'ai voulu lui montrer que je suis moins con que lui,
parce qu'il me fatigue avec son salut.
Ses trucs de soldats
qui s'inventent des manières,
pour se cacher derrière
alors que leur métier,
c'est d'enfoncer des lames dans le bide des autres.
Je ne suis pas son foutu subordonné, à Gerfaut. Je suis son prisonnier.
– Je n'ai pas voulu faire le malin, Gargote. Je connais ce mot-là, je l'ai dit et c'est tout. Ça ne veut pas dire que je suis mieux qu'un autre. Toi tu sais faire le pain, et moi je ne sais pas faire.
Il me vise le menton, pour ne pas me regarder tout à fait dans les yeux.
– Je ne mens pas Gargote, t'es le seul à me parler, ici. J'aime bien ta cuisine, et puis je t'aime bien, toi. Je n'ai pas voulu être… prétentieux.
Il se tète les dents pendant quelques secondes et hausse les épaules.
– Ouais, t'es p't'être dans le vrai. *Subordonné*. Mais tu dis jamais rien, et chaque fois qu'tu l'ouvres si c'est pour des grands mots, on ne va pas se comprendre. En tout cas t'as d'la chance, elle t'a pas dit non, la patronne, à ton histoire de feuilles.
Il se remet à marcher.
– Allez. Suis-moi, j'suis pas fâché. Pis tu bosses bien, petiot.
Je souris. Je bosse bien. Il l'a vu.

Il arrête de nouveau.
– Par contre j't'ai pas dit, mais dans la cabine, j'me suis rendu compte que tu cocottes sévère. Tu l'prends pas mal, mais servir de la bouffe alors que tu fouettes comme une malle-arrière mal aérée, c'est pas joli. Alors file au baquet, et rejoins-moi après.
Au moment de m'éloigner, je sens sur ma tête une main hésitante tapoter ma tignasse.
La dernière fois, je crois, que quelqu'un a fait ça, j'étais si petit que je ne m'en souviens pas.

Une soldate me guide jusqu'au baquet. C'est sous une tente, sur l'île.
Ce n'est pas les baignoires qu'on trouve dans les auberges, où, si on paie trois sous, on apporte de l'eau chaude. C'est trois demi-tonneaux avec de l'eau froide. Sur un rondin coupé, il y a un savon. Du genre gros, noir, piquant.
– Tu te mets pas dans l'eau, t'en prends avec la calebasse, là. T'économises. Et tu te mets sur les planches, là pour pas être dans la boue. Le deuxième baquet tu peux frotter tes frusques, y a une planche et une brosse. Dans le troisième tu rinces.
– J'ai rien d'autre à me mettre.
– T'occupe pas de ça, lave-toi, je t'apporte des nippes.

La matinée est déjà bien avancée, mais il fait encore froid. Je n'ai pas la moindre envie de me déshabiller. Surtout pas ici, sous une tente de Pâles, avec les soldats autour qui se causent et qui tournent.
Je renifle mon surcot. C'est vrai qu'il est cradingue. Je me le passe par-dessus tête, et puis j'ôte la chemise.
Il fait froid.
Je m'y mets.
La soldate me pose un tas de linge propre.

J'examine le tas.

Blanc, écru.
Le tissu des Pâles.
De Gerfaut.
De ceux qui pourchassent la dragonne.
Je déplie la chemise. Trop grande.
Je vais flotter là-dedans.
On me dira : Le drôle, tu flottes.

De l'eau jusqu'aux genoux, je me frotte partout. Bien que le gant soit raide, le grain du savon dur, je sens qu'une nouvelle peau est en train de se faire quand je rince la mousse. Je suis un autre. Je laisse au fond du baquet bien plus que de la crasse.

J'enfile l'habit des Pâles. Je laisse là les frusques.

En quelques enjambées, retour à la cuisine.

Derrière ses fourneaux, l'air de rien,
Gargote m'attend, un sourire sur le bec.

20

Au réveil, un sourcil froncé en guise de salut, Gargote dit :
– Bah dis gamin, c'est con, t'as pas lavé la tête !
Je passe machinalement la main dans ma tignasse. Grasse, longue, emmêlée.

Après avoir servi le repas à l'équipage, c'est avec une cisaille que je file au baquet.
Je retire ma tunique et je fais couler de l'eau sur ma tête.
J'essaie de faire mousser le savon, quand

une serviette humide
vient me serrer le cou
et me tire en arrière.

Puis une main forte
me plonge la tête
dans le baquet.

Me ressort. J'essaie de respirer.

– Alors, le déserteur ? On se fait belle ?
La grosse voix de Tanneur
juste dans mon cou.

Je veux me retourner – il me soulève d'un bras. Me lâche. Je tombe dans l'eau, me cogne le dos au bac.
– Reste assis là, t'es bien.
Il est debout, capeline blanche des Pâles sur le dos.
– Comment tu me trouves. Pas mal de porter le blanc, hein ?
Il se penche, s'appuie sur le baquet, avance sa tête épaisse jusqu'à coller son front au mien. Je ne peux pas me relever.
Son œil de cinglé me terrifie.
Je ne cille pas. Je suis certain que son poing va s'enfoncer dans mon nez jusqu'au fond de mon crâne. Ou qu'il va me noyer.
Il se recule. Sourit. Écarte grand les bras.
– Hé, de la vraie nippe de fille, nan ?
Je le jauge. Que veut-il ?
– Tu bosses dans les cuisines, il paraît ? On t'a vu servir sur le pont.
Il désigne d'un geste le navire derrière la toile de la tente.
– Nous, on dort à part. Pis j'aime pas trop la bouffe, ici. Un petit arrière-goût de… traîtrise.
J'en profite pour tenter d'apercevoir si des soldats sont là. Gerfaut n'aimerait pas qu'on me tue sans son accord. Mais je ne vois personne.
Goguenard, il me tend la main.
J'hésite. Je tends la mienne.
D'une secousse, il me sort de l'eau.
Puis il s'essuie sur mes vêtements propres.

– Jamais j'avais flotté dans un de ces grands trucs. Et tu sais quoi ? C'est bien. Confort, propre, tout ça. Par contre, putain, jamais j'aurais pensé te retrouver ici. Pourquoi t'es revenu là ? Pour le gros lézard ?
– Oui, pour la dragonne.
– Hé hé une femelle, c'est vrai. Elle est pas pour toi, t'es trop court.
Il lâche un rire. Puis reprend son sérieux, et crache par terre.

– Tout le monde se plie en quatre pour des foutues femelles, ces temps-ci. Même Chef, tu crois ça ? Pour sa foutue « patronne »… Ils nous ont embauchés, là-bas à Coupelune. Z'avaient perdu plein d'hommes. Faut dire que ta *dragonne* a un bon coup de flambine…
Je suis trempé, j'ai froid, je serre les dents.
– Qu'est-ce que tu veux, Tanneur ?
Il me regarde drôlement. C'est la première fois que je lui parle comme ça.
– Le soir, le fameux soir où les Pâles nous ont vus. Tu nous avais *caché* que t'avais vu un dragon.
Je hausse les épaules. Oui je leur ai caché.
– Qu'est-ce ça peut te faire ? je lui dis.
Un bout de colère lui traverse la barbe.
– Va falloir que tu décides pour quel camp tu travailles, le drôle. Je t'ai à l'œil. Toi et tes petits pains.
Il crache par terre à nouveau, et s'en va.

Je pousse un soupir.
Soulagé qu'il ne m'ait pas cogné.

Glacé, je me précipite,
pour renfiler ma chemise.

***

Mes « petits pains », m'y voici.
À brasser la pâte, à enfourner des miches,
découper des racines,
encore encore encore
jusqu'à ce que mes doigts
tremblent sur le couteau.
– Aïe !
Je me suis coupé.
– P'tain, petiot, ça pisse, là !
Coup de gnôle sur le doigt. Ce n'est pas profond, ça pique.

Et Gargote, tant qu'à faire, se désinfecte la gorge. Et puis il soulève mon pansement de fortune, appuie fort sur la plaie.
– Mince p'tit gars, faut faire gaffe. Reste assis là un peu.
Sa main sur la mienne, ferme pour me soigner, d'un coup il me demande :
– Au fait c'est quoi ton nom ?
Ça me prend la gorge d'un coup.
Mon nom.
Mon fichu nom.
Est-il possible vraiment qu'on m'en ait donné un ?
Comme je ne dis rien, et que mes yeux se troublent, Gargote se relève.
– Allez, on s'y remet.

Nous trimons jusqu'au soir.
Les ventres sont pleins.
Les gamelles sont propres.

Je sombre sur ma couche, bien avant le soleil.

***

Au matin, un soldat pousse la porte des cuisines.
– Gargote, j'te prends le gamin. Y a une mission pour lui.
– Comme tu veux, Sergent.
Mais à son attitude, je vois que l'ami Gargote n'aime pas qu'on m'emmène. Je lui fais un signe de tête, comme pour le rassurer.

***

Une poignée d'hommes et moi marchons dans ce sous-bois qui étend ses taillis et son réseau de branches au-delà de la grotte.

Gerfaut a ordonné qu'on aille chercher des feuilles.
Une poignée d'hommes et moi.

Le capitaine surveille, sans donner aucun ordre. Sans rien porter non plus. C'est l'un de ses lieutenants qui lui ouvre la voie à grands coups de sabre.

Ce même capitaine, qui le tout premier soir
dirigeait les tireurs lorsqu'ils nous ont piégés.
Un type
efficace et
discret.

Il y a cette jeune femme, qui me méprise un peu, celle qui m'a empoigné, la nuit dans le dortoir, après les morts, les flammes. Elle m'ignore. Tant mieux.

Une poignée d'hommes en armes pour ramasser des feuilles,
le capitaine, un lieutenant, un sergent, plusieurs hommes d'équipage,
moi, la soldate, et…
Tanneur.

Le mercenaire roux s'est joint à la cueillette.
Il me guette,
de son œil mauvais,
son sourire narquois,
son buisson de barbe,
dissimule ses crocs.
Il me surveille.

À coups de hache, les soldats tranchent, dans les feuillus de l'île, son lacis épais, presque impénétrable.
Je songe que ce hallier ferait une bonne cachette,
si je décide de fuir.
Mais je ne fuirai pas. Pas maintenant.
Pas sans Elle.

Le capitaine désigne les branches qu'il faut couper. Gerfaut a dit : du hêtre. Les soldats coupent un grand arbre élancé, je note l'écorce fine, ses petites feuilles ovales.
Enfin, le beau tronc cède.
Les hommes tranchent les branchages jusqu'à faire un gros tas.
– Suffit, on ramène tout.

Nous halons les branches vertes entre les troncs tortueux.
Et des lianes s'accrochent,
et puis certains s'écorchent.
J'entends l'archère qui lâche un chapelet de jurons à faire pâlir d'effroi une mère maquerelle. Elle a posé le pied sur des champignons bleus, et s'étale mollement sur leur lit gras poisseux.
– Gaffe c'est du poison, lui lance un autre Pâle.
– C'est cette île, le poison, dit-elle.
Elle se relève, des fourmis dans les jambes, et tracte ses branchages.

Nous voici essoufflés, à faire les derniers pas pour placer les feuilles au plus près de la grotte.

Je vois bien qu'ils se tiennent (même le bravache Tanneur)
à distance respectable,
de ce trou d'ombre étrange
qui sait cracher des flammes.
Toute une escouade de Pâles (une cinquantaine d'hommes) surveille l'entrée de loin. Derrière l'arbre brûlé.
Même Gargote est là.
Gerfaut aussi est là, qui ne me regarde pas,
qui teste la tension des cordes des balistes.
Je cherche Rody des yeux.
Je trouve Chef qui m'observe
Rody, à ses côtés.
Mon frère est impassible, peut-être un peu plus dur.

Aurais-je pu vraiment,
écorner en fuguant,
son humeur de granit ?

Je suis seul à transporter le tas de branches jusqu'à l'entrée.

Le silence
des cinquante soldats
est plus lourd que le fer.

Ils se sont écartés. Voici mon heure de gloire.
– Eh merde, dit Tanneur.
Il s'avance, flambard, agrippant les branchages que je peine à porter. Nous tirons, côte à côte, le lourd fardeau de feuilles.
– Si tu te sors de là, Chef veut te parler, dit-il dans un murmure. Derrière le grand navire, on campe à part là-bas.
Je ne réponds rien.
Un simple regard, pour dire que j'ai compris.
Il ne me dit plus rien.

Un beau tas de branchages attend devant la grotte. Sans un regard vers eux, les adultes, les guerriers, j'agriche une touffe de chêne,

et je m'enfonce
au sein des ombres
à sa rencontre.

21

Un bouquet à la main, j'entre
dans le demi-jour,
je marmonne un refrain
à peine fredonné, sourd.

Je ne donne du souffle qu'en approchant du fond,
ainsi elle sera seule à entendre ma chanson.

– *J'ai entendu ton souffle, j'ai entendu tes mots,*
c'est pourquoi je m'avance un bouquet à la main.

Je fais quelques pas.
Je m'arrête. J'inspire.

Je ne distingue rien, dans l'encre noire du trou. Le doute s'immisce en moi. Son souffle ravageur a enflammé dix hommes, il y a quoi, trois nuits ?
Non, deux,
je ne sais plus.

– Dehors, les hommes de guerre,
les flèches et les vaisseaux,
moi je viens solitaire,
sans armes sans drapeaux,
déposer à tes pieds
les doux fruits de la terre.

J'avance encore. Lentement, ma vue s'adapte. Je passe la gamelle d'eau. Tout est bu.

Quelques foulées encore, et ses crocs apparaissent,
luisants.
Sa gueule béante,
sombre, écarlate,
plonge voracement
droit sur moi.

CLAC.
Elle m'arrache
les feuilles,
les broie, et les avale.

Sa lourde tête se penche de côté, me lorgne d'un œil, qui se tend pour mieux me voir. Je respire son haleine, fumet fauve et chargé.
Deux notes colorées
bourdonnent et se réverbèrent,
comme pour me dire merci.
Ça vibre dans ma poitrine.

– J'en ai d'autres, je dis dans un sourire soufflé.

Je fais demi-tour.
Le cœur en allégresse.

Tous me guettent au loin,
dans le jour éclatant qui me plisse les paupières,
derrière leur palissade de mantelets ferrés,
hérissés des carreaux de balistes,
menaçants.

Sans un geste pour eux.
J'attrape les branchages, je les tire vers le fond.

Elle allonge le cou, gobe les quelques feuilles. Elle a faim.

– Ne va pas vers la lumière. Ils sont là, avec leurs flèches.

Elle ne doit pas comprendre, car elle avance sur moi, bombe son torse immense, si bien que je recule,
tombe sur le cul.
Elle ne m'a pas compris,
alors,
je le lui chante.

Ma frêle voix de gosse rebondit dans la grotte.

– Ils sont là, tu le sais,
ils sont là
ils sont là, tu le sais
ils sont prêts à tuer,
ils affûtent leurs armes
ne t'approche pas, ma reine,
de leurs longues dondaines
ils peuvent te transpercer.

J'ai à peine fredonné,
la voilà qui recule.

J'attrape une brassée de branches nourricières, sans regarder derrière, retourne dans le creux, où elle m'attend.

Je veux tant qu'elle le sache, qu'ils sont là, qu'ils sont fous.

Alors ma voix reprend, et tout ce qu'elle a de frêle s'étoffe et se renforce, envahit et recouvre les parois de la grotte de notes scintillantes.

– Hier, j'ai perçu ton chant,
alors que je mangeais.
J'ai ressenti ta faim.
J'aimerais tant, ma reine,
trouver le subterfuge
pour te sortir de là.

Apaisée, elle mâche.
Flancs sur ses pattes arrière,
presque enroulée, sereine.
Son aile repliée s'avance pour prendre appui,
alors son cou s'étend,
de son long nez, délicatement,
elle hume les feuilles,
elle pousse les branches qui lui déplaisent,
ses lèvres s'ouvrent à peine,
et saisissent la ramure,
comme le fait un cheval.
Je contemple.
Me contente
d'apprécier le spectacle.

Je suis maintenant si près. Je pourrais la toucher.
Je fredonne un air, sans mots, sans intentions.
Je laisse simplement respirer mon émoi de la voir se nourrir.
J'en oublie les fous, les soldats, les dangers.
La meute qui surveille la porte de ce foyer.

Pour un peu,
je dormirais.
Ici, je me sens si bien.

Elle est repue, je le sais, je le sens, dans mon bide.
Elle approche le museau,
me renifle,
me pousse un peu.
Elle me touche, du nez
cela semble naturel.
– Que veux-tu me dire, ma reine ?
Est-ce pour dire merci ?

Je clos les paupières, accorde mon souffle au sien,
alors naissent les images,
douces comme une caresse.

Je…
ressens des couleurs,
entends la mélopée
de l'accolade effleurée.
Je…
reçois cette caresse
qui m'affleure et ne cesse
de me dire la confiance.
J'ai
à peine goûté
la chaleur enivrante,
d'abandon partagé…
J'ai
peur que ça me quitte
peur qu'on me l'arrache
quelques larmes m'échappent.
Je
perçois en résonance
sa peur qui me submerge :

elle
sent qu'il va venir,
bientôt, l'œuf béni
le tendre enfant.

Elle
sait qu'ils vont le prendre.

Comme je la comprends.

Je m'ébroue, presque saoul. Une larme m'échappe. Je chantonne dans un souffle.

– *Je vais essayer,*
Je ne sais pas comment,
Mais je vais essayer.

Je vais le faire,
je vais
te libérer.

C'est ainsi
que je franchis
l'entrée de la grotte ;

Je vais le faire,
je vais
te libérer.

déterminé.

Sous le regard soupçonneux de la troupe,
cinquante soldats armés,
et Chef, Rody, Tanneur,
cinq balistes bandées,
qui me visent le cœur,
je contourne le tronc carbonisé du grand chêne, j'avance.
Droit sur Gerfaut.
– L'œuf n'est pas sorti, madame.
Son regard aiguillon tente de me faire fléchir, de percevoir dans mes gestes ou le ton de ma voix le fiel de la trahison.
Mais traître, je ne le suis pas. Ni un foutu déserteur.
J'ai juste choisi mon camp.
Un autre camp.
Alors son regard aiguillon, il ne me fait rien. Je prends mon air de gamin, mon air qui veut bien faire. Elle ne peut pas m'atteindre, aussi forte soit-elle ;

je suis une mélodie,
une complainte indomptable.
En moi, une chanson,
le psaume d'un dragon.

– Comment es-tu si sûr ?
– Elle s'est levée pour manger, vous n'avez pas senti ses pas ? Ça faisait trembler le sol, dedans. C'est gros comment un œuf ?
C'est de la jalousie qui lui tortille les traits, elle écarte les bras.
– C'est gros.
– Je l'aurais vu. Je n'aurais pas pu approcher, si elle avait pondu… Elle m'aurait bouffé. Je me trompe ?
La guerrière fait la moue, mi-sourire, mi-grimace, elle a parié ma vie plutôt que celle de ses hommes. Je le sais. Elle sait que je le sais. Elle s'en fout.
– Bien. Retourne travailler.
Elle se tourne :
– Gargote.
– Oui, madame ?
– Surveillez-le. De près.
Elle se penche sur moi.
– Pas d'entourloupe, le drôle. Je t'ai à l'œil.
Je baisse le regard, comme un gamin fautif. Je lui fais croire que je la crains.

Mais je me sens fort.
Déterminé.

***

Dans les pas de Gargote, je franchis le vieux pont. Là je croise ma vieille troupe de mercenaires, et le regard incertain de Rody, qui me lorgne en coin. Je lui adresse un signe de tête. Rien que pour lui. Il me fixe.

À ses côtés, Tanneur, l'air dur,
et Chef, presque sourire, yeux légèrement plissés.
Lui, il sent l'entourloupe,
car il prépare la sienne.

Je passe. Les grands arbres de Jachère nous avalent.
À une centaine de pas, le grand aéronef nous attend pour
bosser, éplucher, allumer, remuer, nettoyer.
Et nous nous enfilons dans ses boyaux de bois.

– Allez, p'tit, au turbin. C'est qu'ça mange, les guerriers, tu sais ça toi, hein ? P'tain, quand j'pense que t'es rentré dans ce trou noir, avec le dragon et le feu. Merde, petit t'en as dans le ventre.
– Dans le ventre, moi ?... Je sais pas.
Il empoigne une casserole, large comme un bouclier.
– Si si, gars, dans le ventre, faire face à un dragon. T'as vu comment l'a roussi tous ceux qui veulent y entrer, dans la grotte ? Et toi, hop, tu t'enfiles sous son nez, avec tes branches, comme ça !
Il est là, sa casserole en main. Un rire fougueux m'attrape.
Je me trouve une gamelle, et fais comme lui.
– Je suis le drôle, pourfendeur de dragons !
Et c'est lui qui se marre.
– P'tain, tu vas me faire pisser à faire le mariole, p'tit. Allez hop, pourfendeur, comme on a pas de dragons, on s'en va faire la peau à quelques choux. Sont en train de se perdre.
Il pose sa casserole. Ouvre un des garde-manger.
– Elle est si grosse que ça ? La dragonne.
Son corps noir et luisant me passe sous les yeux, et je lâche un soupir. Je fais durer un peu.
– Énorme. Longue comme la moitié du navire.
– Bah merde. Allez, on s'occupe des choux. Allume-moi ce fourneau. On s'y remet.
La fougue que j'avais en sortant de la grotte retombe dans les gestes de la cuisine.

De retour au boulot,
après une heure de rêve.

J'ouvre pour allumer. Dépose le petit bois. Et c'est là qu'il me dit :
– T'es pas trop décidé à me dire ton vrai nom.
Je souffle sur les brindilles. Mon vrai nom. J'en ai un. Ou bien j'en ai eu un. Ma mère me l'a donné. C'est comme si
c'est comme si
on me l'avait repris.
Je ne le retrouve pas.

Je referme la porte.
Je laisse la question quelque part dans le feu.
Je n'ose pas me tourner vers Gargote.
– Je, bah je sais pas trop.
Comme je ne dis rien d'autre, Gargote, pour combler le vide, reprend sa bavasserie.
– Paraît qu'tu trafiquais avec le grand Tanneur, p'tain, c'est une carcasse ce type. Remarque y a des costauds, chez les Pâles, aussi. T'as croisé le grand Marp ? Tu vois pas qui ? Un grand ! C'est un sacré lancier. Quand t'en as des comme ça tu peux doubler tes parts. Remarque tes gars, ils mangent toujours à part, ils coûtent pas cher en pain. Assez causé, gamin, faut turbiner maintenant.
Ha ha ! Assez causé dit-il, mais bien sûr il palabre, il raconte, il questionne, n'attend pas de réponses, car c'est lui qui les fait. C'est agaçant, *p'tain*, mais en vrai j'aime bien.
Quand j'y pense, Gargote, on m'a collé dans ses pattes et il ne s'en agace pas.

Peut-être que,
dans le fond,
le problème
c'est pas moi.

Face au four, encore chaud de la veille, que je bourre hâtivement, et tandis qu'il s'allume, que le cuistot tambouille, que je coupe les légumes, que je touille, qu'il goûte, Gargote commente que

la farine, c'est bien,
mais qu'on s'en lasse,
mais qu'en campagne,
que veux-tu,
faut composer avec les réserves,
des fois, t'as raison, p'tit,
pétrir le pain, ça lasse,
on aimerait que ça change…

On aimerait que ça change…
Je pense aux champignons.

Les bleus.
Ces soporides acides, qui font tourner la tête,
endorment et empoisonnent
ceux qui en croquent la chair.

– Des champignons, ça change.

À la mention des champignons, Gargote cesse de causer, cesse même de touiller. Faut dire que depuis une heure, c'est la première fois que je me décide à ouvrir le bec.
– C'est pas con ça petit, c'est vrai ça nous changerait.
Je me mords la lèvre, j'ai envie de sourire. D'un sourire carnassier. D'un coup net, décidé, je décapite un chou.

Je vais
endormir
tous ces fous.
Et la sauver.

***

Une fois étalés,
les pâtes, les pâtons,
salés, enfournés, cuits.
Une fois épluchées,
les racines amères,
cuites à l'eau, remuées.

Une fois que les rations
sont enfin réparties,
que nous avons porté
aux soldats dehors
qu'ils ont tous mangé,
que la maïence est propre,
les plans de travail nets.

Alors seulement Gargote,
me dit : Allez, cueillette !

Gargote et moi, dehors, avec deux gardes aux fesses, traînons d'encombrants et profonds paniers.
– C'est des hottes, petit. Tu sais pour la cueillette, c'est léger, y a pas mieux, et puis en aéro, on t'emmerde pour tout : les gamelles c'est trop lourd, pas de four ça pèse trop, mais leurs engins de siège, les lances et les dondaines, là y s'posent pas de question. Des fois, faut que je gueule auprès de la patronne, ils me confisquent l'eau. T'as déjà vu une armée qui se paie la courante ? Ça fait cent culs qui fuient au bord des bastingages, et la guerre, c'est foutu !
Là, il me fait sourire, il a l'art des images. Si j'osais, juste pour lui, je la lui chanterais, la geste des guerriers pris de court au combat par une fatale cagasse.

Nous approchons du pont. Il s'arrête :
– T'es sûr, petit ? Par là, y a la flambeuse au fond de son terrier, ça me colle les foies, moi, ton fichu dragon.
Il chuchote dans mon dos, et même les deux soldats font leurs pas plus discrets.
– Je t'assure, Gargote, j'en ai vu hier, plein. Et des bons. Sur l'autre île, y en a pas. On contourne, on prend loin, par-derrière les balistes, après on longe le bord.
– J'en sais trop rien, gamin. Pis la patronne, t'as vu, elle veut qu'on te surveille.
Je désigne les gardes.

– Bah, si faut, t'en prends d'autres. Et puis ça fera des bras si on en trouve beaucoup, dans le sous-bois là-bas, hier, quand on coupait des branches : c'est presque inextricable, mais pour les chanterelles, c'est un vrai paradis.
Un soldat nous coupe.
– Hé, la générale a ordonné le ravitaillement. Elle n'a pas dit d'aller se perdre par là.
– Elle a dit par nulle part, Harpeau, lui rétorque Gargote. P'tain, z'avez peur d'un môme ?

Le soldat qui grimace
passe sa langue sur ses dents.

Je prends mon air minot :
– Moi j'm'en fous, vous savez. Y en a peut-être ailleurs, on peut faire demi-tour, c'est vous qui décidez.
– Putain, oui, on décide, dit le soldat.
Il le dit sec. Échauffé. J'ai peur qu'il fasse demi-tour vers une autre forêt.
C'est à ce moment-là que

Chef surgit.

Une cape blanche sur le dos, les joues fraîchement rasées. Demi-sourire narquois mais pas mauvais, qui lui fend la mâchoire.
– Alors soldats, c'est cueillette ? On va aux champignons ? Quelle mission palpitante ! Je déconne.
Il met une tape amicale sur l'épaule de Harpeau.
– Faut surveiller le gamin, bougonne l'autre soldat.
– On se les gèle moitié, alors je vous accompagne, reprend Chef, plein d'entrain. On manque d'activité !
Il traverse le pont, sans une hésitation, sifflote même un peu fort. Gargote hausse les épaules, lui emboîte le pas. Les soldats, bien sûr, ne voulant pas passer pour des couards (pas devant Chef, un simple mercenaire), se mettent en marche aussi.

Et, comme il sait le faire,
le voilà qui dirige.

– Tu passes devant, le drôle. T'avise pas de courir, je te tranche un jarret.
J'opine. On passe les balistes, puis l'aéronef écrasé. Personne ne fait de bruit, même Gargote se tait.

Nous marchons en bordure,
à quelques pas du vide,
nous esquivons de loin,
la gueule de la grotte.

Quand nous posons les pieds sous les mousses du bois, Gargote me demande :
– C'est dans ce tas de fardoches que t'as vu des chanterelles ?
– Et des pleurotes, je dis.
– Des gris sombres ou des beiges ?
– Je sais pas trop. C'est plus loin.

Le coup d'œil de Chef me fait savoir qu'il renifle l'entourloupe. Et que ça peut lui plaire.
La forêt nous absorbe, même le vent disparaît sous le massif des branches. Un silence de pierre.
Gargote vient le briser : sans parler à personne, où alors à nous tous, il dégoise la recette de son plat favori à base de pleurotes, d'herbes et de crème, alors que nous nous empêtrons dans le fouillis de broussailles.
Je souris en cherchant, il me fait vraiment rire, pour un peu, avec sa recette, il me donnerait faim. Ah, les voilà enfin ! Je me penche et ramasse de belles chanterelles jaunes.
– C'est bien joué, ça, le drôle ! s'exclame Chef.
Il fait mine de cueillir, se rapproche tranquillement. Il chuchote :
– Écoute bien, j'ai un plan. Tu vas m'aider.
Un plan en or, tu m'entends.
« Tiens, un gros, là regarde »,
dit-il un peu plus fort.

Il se penche vers moi, ramasse une poignée.
– Si tu parles à Gerfaut, elle me fera tuer,
mais ton frangin aussi, alors…
Je hoche de la tête :
jamais je ne le dénoncerai.

– Fais tout ce qu'elle te dit, ensuite,
je la prends en otage. L'œuf vaudrait plus cher, mais…
le dragon, les Pâles…
Il grimace.
La générale est un meilleur pari. C'est une vraie noble,
tu sais ?
Ils nous laisseront partir.
– Mais y a deux vaisseaux, Chef.
Même si t'en emportes un…
– L'autre, je vais le faire sauter.
Un coup comme ça, c'est sans témoins.

Cinglé. Comme à l'auberge.

Il repart, me laisse. Les soldats ne l'ont pas vu me parler. Tout le monde peste contre les branches mortes qui cassent, les vivantes qui s'agrippent, les ronces qui griffent, et les insectes qui dardent.
Gargote trouve son bonheur, au pied d'un tronc couché.
Je m'avance sur la droite, Chef s'approche.
– Je t'emmène avec nous.
Je fais non de la tête.
– Chef, je t'ai trahi.
– C'est bien ce que je pense,
on réglera nos comptes.
Mais Rody, sans toi…
… il n'est pas pareil.

Je me transis.
Rody,
sans moi,
pas pareil.

– D'ici là, chuchote-t-il,
tu fais ce qu'elle te dit.
Je vois bien ta petite tête,
je sais que t'en prépares une.
Tu te tiens à carreau.

– Chef, je te jure…

– N'aggrave pas ton cas.

Je me tais.
Chef dit à haute voix :
– Bon, y en a pas assez ?
Personne ne lui répond, tous sentent le danger qui émane de l'homme. Seul Gargote bredouille :
– Bah, c'est qu'on est nombreux, faut remplir les paniers.
Chef s'éloigne de moi, retourne vers les soldats :
– On a choisi le bon métier, les gars. Je préfère jouer du glaive que de ramasser ces machins mous.
Les soldats se marrent.

Je me secoue le crâne : Chef, qui veut enlever Gerfaut, faire sauter un vaisseau.
Et Rody, vraiment, serait perdu sans moi ?
La pensée me poignarde. Je me reprends :

les bleus,
je suis là pour les bleus, ne pas perdre de vue
mon but, mon objectif.

Je m'avance sur la gauche.
– Hé, pas trop loin, le drôle !
– Oui, je crois me rappeler qu'il y en a dans ce coin.

Pour sûr je me rappelle, je repère les traces, les rameaux écrasés, les pas, les coups de hache, les branches encore fraîches, écornées au matin. J'avance encore un peu.

Les voici :
bleus
toxiques
soporifiques
dangereux.

Je m'agenouille. J'enfourne. Bourre la besace à grandes poignées. Mes mains sont violettes. Ça me panique. J'en perds le souffle. M'essuie les paumes dans la mousse. Camoufle par-dessus quelques larges chapeaux, comestibles et beigeasses, puis referme.
– T'es passé où, gamin ?
– J'avais besoin de chier !

Vite, je reviens vers eux, la besace sous le coude.

***

La besace pleine de poison me bat à la hanche à chaque pas que je fais, bat comme le tambour,
le tambour que l'on donne, avant que le bourreau applique la sentence.
Et je suis le coupable.
Empoisonneur !

Je porte la besace par-dessus le vieux pont. Les deux soldats me suivent, il suffirait d'un coup d'œil, qu'un morceau de pied bleu dépasse de ce sac, pour que l'un d'eux comprenne.
Que je sois démasqué.
J'aurais dû dire à Chef ce que je m'apprête à faire, il aurait eu un plan, aurait su quoi faire, il aurait…
Non.
Il a son propre plan. Il va prendre Gerfaut en otage.
Faire brûler un navire, fuir avec le second.
Plan de fou sanguinaire.

Je tente de calmer la gamberge qui me grignote. Je peine à avaler les hautes marches de bois qui mènent sur le pont du navire.

Une poignée de champignons bleus.
Pour les faire dormir
ou peut-être vomir ?
Sûr ils s'en remettront.
Ils ne sont pas mortels.
Mais s'ils le découvrent avant…
Je suis mort.
Gerfaut me tue – non.
Me torture puis me tue.
Et puis tue la dragonne,
prend son bébé.

Qui sait si Chef, si fou soit-il, pourrait l'en empêcher ?
S'il met en branle son plan avant elle…
Je chasse Chef de mes pensées.
Tiens d'ailleurs, il n'a pas suivi.
Sans rien dire, comme un loup, il est parti préparer son coup, ajuster le prochain tir, tandis que je cuisinerai le mien.
S'il pouvait en bouffer,
lui aussi, des champis…

On n'entend plus Gargote, il peine sous la charge. La hotte si pleine qu'il en vacille sur les marches. Nourrir cinquante soldats n'est pas de tout repos.
Ma maigre poignée bleue sera-t-elle suffisante ?

Hissés sur le navire, nous filons vers la maïence.
Je vois Gerfaut surgir.
– Le drôle, je veux te voir.

Tandis que mes mains se resserrent sur la besace,
Une lame de pierre me passe dans la gorge.

Je lève les yeux sur elle.
Elle sait.
– Oui, madame.
Le grand soldat, Harpeau, me soulage de la hotte. Il va tendre la main vers ma sacoche… non. Ils prennent le couloir. Moi, je suis madame, droit dans le piège de sa cabine.

Son sabre lui bat la hanche.
Ma sacoche la mienne.

Nos armes.

Elle ne referme même pas la porte. Droit au but :
– Demain, tu y retournes, je trouve que c'est trop long.
– Oui madame.
– Gamin,
Son bras agrippe avec force la sangle de ma sacoche. Elle me tire à elle, harponne ma pupille.
– Si tu m'as menti… Si tu m'as doublée…

Son visage, collé au mien, un concentré de haine sous le parfum de femme qui émane de sa peau. Jamais je ne l'ai vue à ce point menaçante.
Son bras me maintient, fort, tire sur la sangle, je baisse le regard. On voit un bout de bleu
dépassant de mon sac.
– J'ai dit la vérité, madame.
Elle me lâche.
– Tu cherches à protéger ce dragon, crétin. Tu crois que ça ne se voit pas ? C'est un délire d'enfant qui me fait perdre mon temps. Je veux cet œuf.
Elle veut, elle exige, elle prend, elle tue. Je ne peux retenir un éclat de colère.
– Prenez l'œuf, mais laissez-la !
Ce qui lui traverse les yeux est un éclat de mépris, elle siffle entre ses dents :
– Tu n'as donc rien compris.
– Non, je ne comprends pas.
– Qu'est-ce que tu ne comprends pas ? C'est pourtant simple. On. Ne. Peut. Pas. Dresser. Un. Dragon. Adulte. J'ai besoin de *l'œuf*.
– Mais, une fois que vous aurez l'œuf, elle va vous poursuivre, non ?... C'est... C'est son bébé.
Elle ouvre les mains.
– Je m'en débrouillerai.
– Mais elle...
– Elle va mourir, petit. Ce dragon s'interpose entre cet œuf et moi. Elle, c'est mon gros problème, et je le réglerai. Le pont de ce navire est suffisamment vaste pour porter sa carcasse. De retour au palais, elle sera mon trophée. D'ici là, j'ai besoin de tes yeux, car tu peux l'approcher. Mais fais bien attention : si tu deviens un problème, tu n'en seras qu'un petit. Je te balance dans le vide. Sors de là.

Je m'éloigne d'elle, vite,
trébuchant en arrière,
les deux mains crispées
sur la besace.

***

Je déboule sur le pont. Il fait un peu plus clair. Mon esprit ne l'est pas. J'inspire en grand.
J'entends le son d'un arc.
Clac – Clac – Clac.
Il n'y a qu'un seul homme pour décocher si vite.
Rody.
Je lorgne discrètement dessus le bastingage. Trois soldats qui s'entraînent sur un tronc. Deux arbalétriers.
Clac.
Clac.
Un carreau chacun dans la cible.
Et Rody, à son tour.
Quatre flèches décochées.
Plein centre, évidemment.
Les arbalétriers en sifflent d'admiration.

« Plus pareil » a dit Chef.

Je m'éclipse. Je ne veux pas y penser. J'ai à faire. Je serre ma besace, et mes champignons bleus, que je vais leur servir, à tous.
Et même à toi,
mon frère.

***

Gargote à la découpe.
– P'tain tu tombes bien, gamin, faut faire le tri, mille dieux saouls, ces soiffards de crétins nous ont tout

mélangé. Se cuisent pas tous pareil ! Tu vois ce que j'veux dire.

Moi, je pose ma besace, mine de rien, dans un coin. Je retrousse mes manches. J'épluche, je coupe, je trie, je frotte. Tout part dans une marmite pour faire un « velouté ».
– T'connais pas ça gamin ? C'est comme une sorte de soupe.
– Si, je crois que ma mère en faisait.
Gargote s'est arrêté.
Il ne dit plus rien, me fixe. Inspire. Reprend. Je me fige. A-t-il vu un pied bleu dépasser de mon sac ?
Non, il relance sa leçon de cuisine, les champignons dans le gras. « Ça frétille, tu vois ? », puis doucement la farine, qui fait son entrée, molletonnée comme la neige, moi qui touille « Pas si vite ! », et le bouillon qui chauffe, là, juste à côté.
Des vapeurs, des odeurs,
de terre, de feuilles mortes,
de flammes qui mangent les bûches,
d'herbes qui dégorgent.
De temps en temps il goûte, puis il me fait goûter. C'est un moment de paix. C'est presque familial.
– Allez, c'est pas fini !
Il en faut beaucoup pour que tous mangent bien. Et moi qui me demande quand je pourrai,
si je pourrai
glisser comme un traître
au creux de cette marmite,
ma fricassée toxique.

J'ai peur. Je ne dois pas rater mon moment.
Il y a encore les pains, il y a encore la viande. Et il faudra nettoyer, récurer, décaper. J'ai du temps.
Je regarde Gargote : il me cause, sympa, essuyant ses spatules. Ce type me fait confiance. Ce type ne me juge pas. Il n'attend

rien de moi,
que de bien faire.
Et ça me tord le ventre,
car je vais le trahir.

– Bon, gamin, c'est fini pour aujourd'hui. Bonne journée, petiot. J'causerai à la patronne, y a du turbin pour toi, si tu voulais rester.
Il me regarde.
Mais regarde à côté. Je fais un peu pareil. Ce qu'il me dit me touche.
– Merci Gargote.
– Avec de l'expérience, tu feras un bon cuistot. Pis tu connais les champignons… Hé, gamin, j'veux pas te taper sur la tête avec ça, mais… le drôle, c'est pas un nom. Tu vois, Gargote, c'est le nom qu'on donne aux cuistots, mais j'l'ai un peu choisi, j'aime pas trop « tambouille » ou « fricot ». S'tu veux pas me le dire, au moins trouve-t'en un autre. Les drôles ça reste pas p'tit. Pis en plus t'es pas drôle.
– Je sais pas, je…
Je garde les yeux par terre, ça m'empoigne la gorge, je me sens étouffer. J'ai chaud. Il fait trop chaud. Mon nom. Mon fichu nom. Ça va revenir, je sais.
– T'façon, on verra bien. Moi j'vais faire une p'tite sieste. On se r'trouve là tout à l'heure.

Il sort.

Aussitôt,
mon ventre se serre.
J'ai le champ libre, je peux le faire. Je pose la main sur la besace. J'inspire une fois. Ferme les yeux.
J'invoque dans mon souvenir l'image de la dragonne. Qui agrippe à pleines dents les feuillées de branches vertes. Une dragonne qui vit. Qui nourrit ses entrailles, sa chair, son enfant.

Et puis je vois Gerfaut. Et surtout je l'entends :
– Elle va mourir, petit. Ce dragon
s'interpose entre cet œuf et moi.
La garce.
Je crache dans ma main,
et puis je serre le poing.
Un pacte avec moi-même.

Efficace, je sors les champignons. Les découpe, les broie. Et,
tel un empoisonneur,
je fais tomber au centre de la grande marmite, encore fumante et chaude, le venin violacé. Je rince, je remue, je cache ma besace derrière les bûches.

***

C'est mon heure de repos avant qu'on serve la soupe. Je reste sur ma couche. Cœur battant,
mal à l'aise.
Seul dans le grand dortoir, je mâchonne mes doutes. Vont-ils tous en manger ? Ma troupe mange à part, mille dieux j'ai oublié ! Je tente de me calmer. Dans moins d'une heure, c'est l'heure. Le soleil se couche,
et le temps qu'ils s'endorment,
j'irai chercher la grande,
gigantesque dragonne avec une chanson.
J'espère de tout mon cœur qu'elle peut encore voler. Dieux morts, je n'en sais rien, est-elle gravement blessée, elle ne m'en a rien dit, rien chanté. Je ne sais pas. Cent doutes m'assaillent, se plantent dans ma peau comme les flèches de Rody.

Pas pareil, toi, mon frère, depuis que je suis parti ?
Es-tu seulement venu me le dire ? m'en parler ?
Poser ta main, une fois, sur mon épaule ?
Sais-tu seulement parler ? Sais-tu seulement
aimer ?

Puis c'est l'heure de servir, Gargote vient me trouver.
– Ayé, on y est, gamin. C'est l'heure du souper. On commence par les plus braves, nous !
J'attrape nos couverts. J'en ai presque oublié qu'on mangeait, nous aussi. Toujours avant les autres.
– Velouté de champignons pour cette brave piétaille. Ça va leur changer un peu du gruau et du pain.
Son monologue nasillard me détend. Il est content, Gargote. Et moi aussi. Content du coup que je leur fais.
Quand même,

je n'en mène pas large, jusqu'à la dernière louche que me sert Gargote. À chaque seconde, je crains qu'il ne voie un morceau,

un gros morceau azur,
percer l'écume fumante.

Non.
Il mange bruyamment.
– Allez mange, petiot, après on sert les autres.
– C'est un peu chaud, j'attends.
Je croque dans le pain. J'ai le ventre noué. Et s'il s'écroule, là ? Les soporides, c'est fort... Quand il se lève pour boire, j'arrive à renverser mon bol dans la marmite.
Il s'envoie comme chaque jour un petit verre de vin.
Il est guilleret, ce soir.
Puis nous rinçons nos bols.
Nous portons les écuelles et la soupe sur le pont du navire.
– À la soupe les soldats !
Une louche à la main, avec nos marmites Porses, ces barriques de transport entre tonneaux et seaux, qui gardent la chaleur, nous remplissons à ras bord les écuelles de bois .
Les équipes passent. Les gars tendent le bras, partent avec leur souper. Le soleil se couche. Tous se parlent, se poussent, s'esclaffent. Harpeau, le soldat, dit « C'est grâce à moi, Gargote ! », et Gargote le salue comme un général.
Ils rient. C'est une belle soirée.
Les feux s'allument.

Un des soldats vient prendre la part pour Gerfaut.

Qu'elle en mange, qu'elle en crève !

Voici ce qui me passe subitement sous le front.

Presque tous sont servis. Je n'ai pas vu passer Chef, ni les autres… Tant mieux, dans le fond, je ne me vois pas empoisonner Rody, même pour le faire dormir.

Et puis,
        soudain,
                alors qu'il remplit une écuelle,
                        Gargote
                                  tombe
                                          en
                                              avant.

Un des soldats s'approche. J'aide à relever Gargote. Le voilà qui tangue.
– Gargote ? Bon sang, ça va ? demande le sergent.
Il tourne la tête vers moi.
– Il est bourré ou quoi ?
– Non, sergent, je ne crois pas.
Le cuistot retombe sur les genoux. Il vomit à grands traits.
Tous les hommes autour
lèvent les yeux vers lui.
Un silence de mort tombe sur les tablées.

Et puis,
cela va très vite.
C'est l'un d'eux qui vacille.
Le sergent qui l'engueule.
Je soutiens le cuistot,
dieux morts, que j'ai peur
de l'avoir tué.
Je dois être aussi pâle que lui, on s'inquiète de moi. J'ai les jambes qui tremblent. Si je me sauve maintenant, sûr, ils vont deviner.

L'un des soldats,
une des femmes,
s'approche.

– Y a un truc dans la bouffe !
C'est les champignons !

Moi, je me tiens le ventre, sans même faire semblant tant la peur m'asphyxie. Tout cela va trop vite.

Je me suis figuré

qu'ils allaient tous dormir

que ce serait facile

sans violence.

Et Gargote se tord à mes pieds.

Le type le plus gentil qui ait foulé ces îles.

Deux autres soldats tombent, vomissent.
Je me sens si mal que je tombe aussi.
Mille dieux fous, mais qu'ai-je fait ? J'en ai mis trop !

Une poignée d'hommes reste debout, quelques guerriers et Gerfaut. Gerfaut l'indestructible.
Évidemment, elle n'en a pas mangé du velouté sordide.
Évidemment, elle fait les comptes.
Évidemment, ils pourraient tous mourir pourvu qu'elle ait son œuf.

Je suis couché au sol, je me tords comme les autres.

Maintenant, je fais semblant.

– Amenez-moi le drôle, dit la générale. Qu'on me fasse venir Hark, Tanneur et Rody s'ils sont en état.

Elle sait ! Elle va me tuer.

Trois hommes partent les chercher. Ceux qui restent valides rapprochent les malades du feu. Le froid tombe alors que vient la nuit, que s'allument les torches, que se tordent les soldats.

Chef, Tanneur, Rody, sont menés devant Gerfaut.

La tête de Tanneur quand il voit l'état de l'armée sur le pont : éberluée.

Sur le visage de Chef, je peux lire le calcul. Les mêmes yeux que Gerfaut : il compte les valides. Une seconde je crains qu'il ne sorte sa lame, là, à l'instant, poussé par l'impulsion. Mais arrive le sergent qui, bien que pâle et tremblant, a l'air décidé.

Il tient à bout de bras,
ma besace vide,
ouverte.

Dans la lumière des torches,
et du soleil couchant,
on peut voir le fond du sac.

Bleu.

La volée que je prends est sans commune mesure. Elle est seule à cogner. Je ne peux pas bien dire combien de temps ça dure.

Je ne sens que les coups
la douleur étincelante,
la brûlure cinglante,
la furie
de Gerfaut. C'est Chef qui la contient :

– Arrêtez, madame !

Si je n'avais pas la bouche en sang, je pourrais ricaner, de l'entendre dire « Arrêtez ».
– Et pourquoi, diables morts ! crache-t-elle. Vous en êtes, vous aussi ?! Il est des vôtres, l'empoisonneur !
Les soldats ont tous mis la main sur leur lame. Le sergent, jambes flageolantes, la pointe sur Chef.
– Nom d'une vessie, le drôle, c'est toi qui as fait ça ? grogne Tanneur.

Il a cet air buté. Étonné. De faux reproche.
Et je le connais assez, pour y lire un « Pas mal ! ».
Je ne lui réponds pas.
Mon visage est fendu, mes paupières gonflées.
Doucement, je me redresse à genoux,
je regarde Rody,

son œil est froid, il calcule rapidement combien il faut de flèches pour les faire reculer.
Est-il prêt à le faire ?

Pour moi ?

Veut-il me sauver ?

La guerrière tire sa lame.

– En joue !

Les quatre guerriers rescapés tâtonnent pour saisir une arbalète. Rody tend son arc, une flèche déjà prête.
– Calme, Rody, dit Chef, qui lève les bras en signe d'apaisement : si le drôle a fait ça ce n'est pas notre idée !
Gerfaut le dévisage, et ça se voit : elle va donner l'ordre de tirer. Chef gueule urgemment :
– Bordel, si j'avais voulu ça, vous seriez tous déjà morts.
Gerfaut le dévisage, traits plissés par la rage. Elle le toise, serre les dents, désigne le pont.
– Qu'on les fasse boire, vomir, enfoncez-leur les doigts dans la bouche, je les veux frais au point du jour. Et

attachez-moi ce gosse,
à un piquet dehors.
Qu'on garde un œil sur lui.

Elle se tourne vers moi, essoufflé, à genoux.

– Toi.

Demain, tu pourras lui dire au revoir.
Tu iras lui porter de l'eau.
Je veux qu'elle se sente bien,
jusqu'à ce qu'elle ponde.
Ensuite, tu ressortiras sagement,
pour que je te pende.

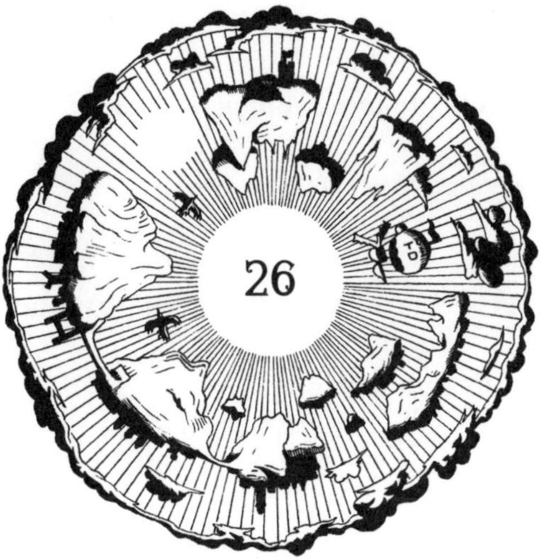

Au piquet, au poteau. Je suis fiché en terre. Attaché par les poignets, encordé, bras en l'air. Et puis un des soldats, son nom, Sabord, je crois, un maigre et taciturne,

reste là,
planté comme un piquet, aussi,
non loin de moi, main sur l'épée.

Les Pâles rescapés sont treize, là, debout. Ils aident les malades, voire les portent, inconscients, vers leurs couchettes.
Treize, en comptant Gerfaut et les hommes qui l'entourent. Si j'ajoute les autres à l'entrée de la grotte, cela doit faire dix-huit. Vingt au maximum.

Je calcule, comme Chef.

Chef, lui, s'est tu.
Il est assis. Contemple le désastre.
Je devine son but : il se fait oublier.
Pas fou. Gerfaut le fait sans doute guetter. Pour autant, il ne fait pas semblant d'aider les autres. Moi qui sais lire dans ses gestes, je vois dans son apparent calme à quel point il trépigne.

Rody s'approche de moi. Veut-il… parler ?

J'essaie de sécher mes larmes.

– Rélan.
Rélan. C'est mon prénom. On prononce *Rélane.*

C'est la voix de Rody.
Elle est si rare.
Si reconnaissable.

Les gens qui parlent trop, comme le fait Gargote, savent-ils qu'avec un seul mot, une syllabe, un murmure, le taiseux pèse plus lourd qu'une île ?

Je me retourne vers lui.
Il s'est accroupi,
à deux pas de moi.

Le garde, Sabord, prévient :
– Hé, laisse le prisonnier.

Chef s'adresse à Sabord.
– Ça va, il lui cause juste. C'est son frère. Rody, donne-lui ton arc, et puis ta lame avec.

Rody se redresse, pose son arc devant le soldat, défait son ceinturon, l'abandonne aussi. Puis il revient vers moi.

Rody me parle.

– C'était quoi ton idée ?
Et maintenant qu'il me parle je ne sais quoi lui dire. Il a parlé très bas. Moi seul puis l'entendre. Il ne me regarde pas. Il regarde vers le feu. Je me racle la gorge, je crache un peu de sang.

– Je crois, je ne sais pas trop.
Faire dormir tous ces fous, et partir avec elle.
La dragonne, je veux dire.

Il hoche la tête.
– Partir. Encore.
Je lui mange le regard, afin qu'il tourne le sien vers moi, mais il m'évite.
– Oui, partir, loin de ça.
Il hoche la tête encore.
– Et… tu partais sans nous ?
Nous ?
– Y a pas de *nous*, Rody,
Tanneur et Chef, c'est des cinglés,
je préfère être attaché là,
que libre à leurs côtés.

Il ne dit rien. Une grande respiration vient lui lever la poitrine. Il s'approche et s'assoit dos à mon poteau.
Et je ne le vois plus.
Je le sens.
Dans mon dos.
Je l'entends.
Qui me dit :
– Nous, si c'était toi et moi…
Je serre les poings.
Il a attendu,
que je sois attaché là,
condamné à mort,
pour m'offrir ces mots.
Je l'aurais bue, cette phrase :
« Nous, si c'était toi et moi »,
je l'aurais chantée, je l'aurais clamée, braillée, psalmodiée,
hurlée s'il me l'avait donnée
un peu plus tôt.
– Pourquoi maintenant, Rody ?

Pourquoi t'as jamais fait un seul geste vers moi ?
Alors que Tanneur me cognait, alors que j'étais faible,
et petit, terrorisé.

J'entends un souffle, et puis une longue pause.
– Terrorisé, répète-t-il. Oui, j'ai vu ta terreur. Je devais être fort, pour ne pas montrer la mienne. Tu n'as pas vu ? Pas une fois ? Jamais tu ne t'es dit qu'ils gardaient le petit frère parce que le grand, lui, était doué à l'arc, et costaud, et fiable ? Quand ils nous ont emmenés, tu tremblais, tu pleurais. Tu ne voyais que ta propre peur. Que toi. Tu crois que j'avais le choix ? Que j'avais le droit de pleurer ?

Gorge serrée.
C'est vrai.

Parce qu'il ne montre rien,
j'ai pensé, moi,
qu'il ne ressentait rien.

Il parle encore. Je sens que sa voix tremble.
– J'avais peur…

J'ai tout fait,
obéis, tué, pillé.
Parce que j'avais peur.
Et puis, là sur la barque,
alors que Chef vient de vendre le cheval,
et que je fais tout pour rester calme,
tu sautes.
Tu t'en vas.
Tu…

Sa voix se brise.

Peur,

Rody avait si peur
de suivre le sergent, ce jour où ils nous ont emportés.

Peur,
des coups de Tanneur, qui tombaient sur moi.
Peur,
de perdre sa place d'archer parfait,
Peur
des batailles, du corps à corps
de tous ces costauds, ces braillards avinés.
Peur,
sans doute la plus grande,
de perdre sa dernière famille,
moi.

Il s'est protégé. Par un silence d'absent.
Absent à son frère,
absent à lui-même,
absent à la colère.
Le silence comme armure.

Il est devenu ce mercenaire imperturbable, cet archer imparable, le guerrier indispensable, seul capable de protéger son frère.

Accroché à ce poteau, sur moi les ombres dansantes des torches, je me retourne un peu. Son visage se découpe, blanc.

Je dis :
– Ça aurait tout changé.
Il ne dit rien.
– Ça aurait tout changé, si tu m'avais défendu.
D'accord tu avais peur, mais
un geste, un sourire ?
Un mot ? Juste un petit,
qu'est-ce que ça te coûtait ?
Après une raclée, ça m'aurait…
aidé à me relever.

Et, d'accord, j'ai compris, je comprends maintenant
pourquoi t'as pas bougé.
Mais aujourd'hui. Là, maintenant.
Rody,
c'est l'heure de vérité.
s'il y a vraiment un *nous*,
c'est le moment de m'aider.
Tu as une lame à ta chaussure, je le sais.
Tu peux couper la corde.

Il se tait, mais son visage se voile de détresse. Il cligne des yeux. Une fois. Ils bougent de droite à gauche.

– Rody.

Il respire plus fort. Déglutit.

– Rody. Fais-le. La corde, au-dessus de toi.

Il prend une grande respiration. Il pose une main sur sa botte.

– Je… ne peux pas.

– Tu peux. Tu tires plus vite que tout le monde ici. Tu peux les dégommer. Tu peux couper les amarres des aéronefs, ça les ferait s'envoler. Gerfaut ne peut pas manœuvrer son vaisseau toute seule.

Je recompte les quelques Pâles encore debout, pas nombreux. Je ne veux pas avoir fait ça pour rien.

– J'ai besoin de toi, Rody, la dragonne, c'est… c'est quelqu'un, elle me parle. C'est pour elle que j'ai sauté. J'aurais dû te le dire,
j'ai eu tort.
Maintenant je le sais.
Laisse-moi te la montrer…

Il me coupe d'un souffle sec :

– Y a Chef.

– Tu peux dire « non » à Chef.
Et tu sais quoi ? Il ne t'en voudra même pas.
Il n'attend que ça, Chef, que tu lui dises non.
Il est entouré de types qui ne lui disent jamais non.
Même Tanneur.

Et puis, Chef, il ne le respecte pas, ton silence.
Deviens son égal.
Tu n'es qu'une arme à ses côtés. Une arme redoutable, mais c'est tout.
Il claque des doigts, tu tires.
Tu tires même sur ceux qui...
Je me tais à mon tour, je cherche les mots. Ça m'arrache la gorge, je dis :
– L'auberge. Tu te souviens de l'auberge ?
Je guette son visage. Il a baissé les yeux au sol, mais il m'écoute.
– À l'auberge de Cachemitte. Tu as tué au moins cinq de ces gars. Et moi, j'ai tué un... gamin. Un drôle, comme moi.
J'inspire.
– C'est moi-même que j'ai tué là-bas ! Un gamin qui ne sait même pas ce qu'il fout parmi eux ! Parmi les tueurs, et les ivrognes, et les imbéciles qui pullulent sur ces foutues îles !

Il ne bouge pas.
Il ne me libère pas.

Je pleure maintenant. Je voudrais me coucher, et je pends par les bras, comme une loque défaite.
J'arrive à bredouiller :
– Mon frère...

Il se lève brusquement,
et part, vite,
sans se retourner.

27

Elle chante dans la nuit, juste pour moi.
Peut-être a-t-elle entendu mes pleurs. Le sommeil tarde à m'envelopper, les poignets cisaillés par la corde.

Et je saisis le rêve,
offert par ce chant
que moi seul peux entendre.

Sa voix s'insinue dans le nid de mes songes, mélopée mélodieuse dénuée de la malice des mots, elle narre son histoire comme une ménestrelle.

Je suis sortie d'un œuf,
comme tant de lézards,
en perçant la coquille,
de ma petite corne,
dure comme le diamant.
N'est-ce pas le nom qu'on donne
à la partie tranchante
sur le bec des poules ?
Le diamant.

Dans un nid de pierres.
Avec d'autres dragons.
À vivre librement,
chantant avec leur mère,
apprenant de ces chants,
l'héritage du clan.
Jusqu'à

jusqu'à ce que viennent des hommes.

Car ils viennent toujours.
Chasser,
détruire,
piller
oui,
piller les œufs.

Un dragon qui naît libre n'obéira jamais.

J'ai vu de mes yeux
les navires des chasseurs,
flottant parmi les vents,
brandir les pointes de fer.
Et arracher les œufs
au nid qui les abrite.
J'étais si petite
et pourtant la brûlure
de mon foyer détruit
me fait encore trembler
quand je vois les navires.

Car toujours ils reviennent,
dans les îles escarpées,
au cœur de ces montagnes
de roches entrelacées.

Et me voilà qui prends peur.
Car en moi pousse cet œuf
qu'ils convoitent si fort.
Un œuf, une graine de moi
dans le creux de mon ventre.
Un seul,
qu'il faut défendre.
Je fuis,
fais feu,
devant ces vaisseaux fous.

Malgré mon vol agile,
malgré ma force brute
et la pierre de ma peau
un trait de fer me touche.

Je vole alors plus haut,
si haut,
qu'ils ne peuvent
m'atteindre.

Puis je me laisse porter,
vers la lumière du soleil,
sans savoir si, au loin,
une terre m'attend.
Jusqu'à
Jusqu'à l'épuisement.

Jusqu'à ce que mes ailes
commencent à vriller,
jusqu'à ce que mon cou
finisse par me brûler.
Je plane mollement,
endormie, épuisée.
À voir des grappes d'îles
couvertes de verdure
je songe : de quoi manger.

C'est là qu'ils ressurgissent
par centaines, par milliers.
Une chasse inégale.

Puis le trou apparaît.
Une grotte, une grande,
large comme mon nid,
prête à l'accueillir.

Mais mes ailes fourbues,
et les muscles qui les portent
ne répondent plus,
alors que je m'y dirige.
Et

je
chute.

***

– Sais-tu seulement, gamin, ce que c'est qu'un dragon ? Ce que contient ce nom ?

C'est Gerfaut qui me parle dans le froid matinal, entourée de ses hommes. À deux pas de la grotte, ce creux plein de promesses que ses balistes visent.
La guerrière est sans colère, sans cette folie pure que j'ai subie la veille.
Les bleus qui marquent mon visage ne semblent pas, chez elle, éveiller de remords.
– Tu ne connais que ces îles. Mais il y a d'autres terres, des îles plus vastes encore que le vide entre Vachère et Ventrue.
Non, je ne sais pas tout ça. Je ne connais même pas le temps de marche entre les îles qu'elle mentionne. Je ne sais pas pourquoi elle me raconte ça, avant que je porte l'eau, une dernière fois. Avant qu'elle me pende.
Cela a-t-il de l'importance que je sache qu'elle connaît le monde ?
– Plus bas, il y a d'autres îles : de vraies cuvettes, des bassines nombreuses comme le nom des vents. Et remplies d'eau. Tant d'eau que des créatures s'y déplacent. Sans air dans leurs poumons.

Là, je sais qu'elle fabule.
Mais ce qu'elle dit me plaît,

même si je la déteste.
Je tourne la tête vers les autres, derrière leurs balistes.
Rody doit être là.
Il ne m'a pas sauvé.

– Plus haut, très haut, là-bas il y a encore d'autres îles… Des îles creuses, le drôle. Bien loin de tout ce que ta petite tête peut imaginer. Ce sont des champignons, de grands chapeaux pointus couverts de lichens, mais durs comme la pierre. C'est celle que les hommes taillent pour en faire des châteaux. Le Palais du Duc Pâle en est couvert. Il y a des guerres là-bas. Ils sont tout aussi cons que nous autres ici. Mais leur magie est drôle, et leur vin…

Là, elle sourirait presque et quelques rides naissent au coin de ses yeux.
Elle semble y croire. Peut-être dit-elle vrai.
Foutue cinglée. Elle te cogne la nuit et te sourit le jour.

– Et puis, il y a ces îles qui respirent la magie, ça leur transpire des pores. Et on la sent qui vibre, puissante. Terrifiante. On entend… une chanson. Ceux qui sont assez sots pour y poser le pied ne reviennent jamais… ou alors reviennent fous. Certains disent « éclairés ». Mais plus jamais, je dis bien, plus jamais ils ne supportent les hommes, les villes, les villages. Ils finissent seuls. Avec leurs chimères de magie plein l'esprit.

Et alors elle se tait.
Et ça me chante en dedans,
car je sais ce qu'elle dit.

Je connais les chansons qui me hantent la tête, si fort et si bien, si précises, si impalpables et si incontrôlables que j'aimerais que ça cesse.

– Des chimères plein l'esprit, je marmonne.
Elle se tourne vers moi, les yeux soudain brillants, intenses, presque mauvais. Puis un sourire en biais lui froisse les pommettes.
– Nous sommes ennemis, gamin, c'est entendu. Mais j'aime les dragons, plus encore que toi. Alors, va, nourris-la, et porte-lui de l'eau.
Elle me pose une main sur l'épaule, avec douceur.
– Je t'ai vu parler au jeune archer, hier. Tu as pleuré, tu l'aimes, tu ne veux pas qu'il meure…

La glace me traverse.

– … alors, une fois l'eau posée, tu ne restes pas au fond, à prévoir un sale coup. Tu reviens. Sans mensonges.

Elle s'en retourne, pas vif, auprès de ses guerriers.

Elle me tient.
Cette fois,
c'est fini.

On me détache. J'avance vers la dragonne, pour la nourrir une dernière fois, avant qu'ils ne la tuent.
La belle est là, au fond, dans son tapis d'ombres douces.
La dragonne pourrait-elle sortir les brûler tous ?

Je fais un pas à l'intérieur, portant un seau. Je verse l'eau dans la cuvette. Quelques allers-retours pour la remplir. Une poignée de branches aussi.

Je commence un chant, quelques mots, une mélodie calme. J'ai la gorge si serrée que je fausse un peu.

Un grondement, vif, fort, un souffle guttural interrompt ma chanson.

Elle ne veut pas de moi. Sait-elle que j'ai échoué ?

Je bredouille, l'air ne sort pas de ma gorge. En effet, j'ai échoué.

Sais-tu que j'ai échoué, dragonne ?
Sais-tu ma peine ?
Sais-tu que les soldats viennent prendre ton enfant ?
Sais-tu qu'ils sont armés de longues flèches ferrées ?
Sais-tu que j'ai tenté, dragonne, de les en empêcher ?

Et que j'ai failli.

Sais-tu sais-tu sais-tu ?

Et puis les mots s'éteignent.

Seule la mélodie danse,
à petits pas rebondis
sur les parois pierreuses,
ma voix comme un cristal,
comme des touches d'opale,
des doigts fins sur des cordes,
des vibrations claires, blanches,
des éclats de lumière,
des tintements liquides.
Comme coulent mes larmes
s'étoffent mes vocales.
Je ne sais plus si je chante
un adieu lumineux
ou un souffle de fin.
Alors,
alors l'image
s'engouffre dans ma voix
et je suis un dragon
et s'épand de ma gorge
une lame,

un grognement.
Une douleur intense
m'agrippe,
je serre les griffes –
douleur au-dedans.
De la lave vivante
enserre
étouffe
pousse
passe
se débat
se libère.
Je
comprends.

L'œuf est là.

***

Je

je ne

Je ne sais pas comment,

mais je suis là aussi,

à frotter mon museau
contre sa coquille douce
à sentir pulser un cœur vibrant tout près
m'enivrer d'effluves denses
sauvagins et sensibles.

***

Je retrouve mon corps d'humain brusquement.
L'œuf est là.

Je l'ai senti venir, passer à travers moi.
Quelques instants, j'ai été elle.
J'ai serré tous mes crocs tant cela faisait mal. J'ai été soulagé de le savoir là, contre mon flanc brûlant.
Tout ça, elle me l'a partagé.

Ou bien ai-je volé cet instant de beauté ?

J'avance de quelques pas, il n'est pas nécessaire de faire des refrains, toute mon âme est un chant ; une mélodie de grâce me traverse les veines, transpire par mes pores, et sans que je le veuille, ma main caresse sa queue, ses écailles rayonnantes, s'avance sur son aile douce, soie pure de peau pliée, s'attarde sur la corne, aiguille ardoise et courbe aussi haute que moi.
Elle tend le cou, étire sa tête immense, me dévisage.
Plisse les paupières.
Je m'assois quelques instants,
pour contempler sa forme sombre comme la nuit.

Je m'approche et sans qu'elle m'en empêche, j'effleure l'œuf tendrement. Il est rouge et brillant.

Cet instant se grave à jamais sous ma peau.

Avant de partir,
je chante encore une fois.
Sans mots, sans pensées
juste la vibration
qui me traverse.
Une dernière fois ?

Je mêle ma voix à la sienne et je ne sais si ces notes claires peuvent faire vibrer l'être magique qui grandit sous sa coquille,

mais j'espère.

***

Je ne dis pas que l'œuf est là. Je ne dis rien.
Gerfaut me toise quelques instants.
– Lui as-tu bien rempli sa gamelle d'eau ? me demande Gerfaut.
Je n'aime pas cet air. Son sourire mauvais. On croirait voir Tanneur avant une raclée.
Elle me fait tendre les bras, un soldat attache solidement mes poignets, puis y fixe une longe.
– Je veux que tu voies bien.
Parce que je t'ai bien vu,
faire tes allers-retours,
faire le beau, pavaner,
devant nous, devant *Elle*.
Ici tu seras bien.

Elle le dit en souriant. Le soldat arrime la corde à un anneau, sur l'une des balistes.
– Je tenais à te remercier, dit-elle. Les champignons violets, c'était très bien tenté. Alors merci… de m'avoir soufflé l'idée.
Je cesse de respirer.
Je ne comprends pas.
Que dit-elle ?
– Tu fais une drôle de tête, *le drôle*. Oui, l'eau que tu lui as servie, toi, petit homme, que *tu* as versée dans *sa* gamelle ; cette eau va la faire dormir.

Je suffoque.

Je l'ai empoisonnée !

Elle me sourit :
– À la tombée de la nuit, elle sera plus léthargique que Gargote. À ce moment-là, j'irai chercher l'œuf.

Et
je
la
tuerai.

Je crie

pour la prévenir

je hurle

à en mourir

je me débats
à m'arracher les mains sur la maudite corde
jusqu'à ce qu'un coup dans la mâchoire me sèche.

***

Bâillonné, écorché, je reprends connaissance. Un sang glacé me parcourt les veines, comme le jour où Chef a vendu le cheval, le jour où j'ai fugué.
J'ai l'esprit clair, enfin.
Ce torrent froid
qui me traverse de bas en haut s'infiltre sous mes paupières et termine en filets le long de mes joues pâles. Il donne à mon bâillon un goût de sel.

Je me sens si coupable.
J'ai agi stupidement. Je lui ai offert la solution. Sans moi pour entrer dans la grotte, Gerfaut aurait dû attendre, ou bien entrer en force pour tenter de la tuer. Elle aurait perdu des hommes,
aurait peut-être échoué
y serait peut-être restée.

Là,
grâce à moi,
sa victoire est totale.
Sa victoire est facile.
Et j'en suis la clé, le pantin, l'imbécile.
J'ai été si naïf. Je lui ai épargné le combat.

***

Tout le long du jour, les soldats autour de moi se préparent à frapper ; ils parlent, tendent leurs cordes, affûtent leurs lames. Ils sont peu nombreux, les autres dorment encore. Mais les guerriers debout suffiront, ils sont prêts.

Il y a Tanneur qui aide.
Et qui, de temps en temps, m'envoie un coup d'œil rapide. Il aimerait bien savoir si j'ai d'autres surprises, d'autres tours dans ma poche.

Non, je n'ai plus rien,
j'ai joué ma dernière carte.

Le soir venant, ils apportent les druches. Hauts comme un homme, ces petits ballons blancs sont soigneusement arrimés à des racines et des piquets. Pour ne pas s'envoler. On dirait des cocons qui pendouillent à l'envers.
Les druches viendront soulever
la carcasse gigantesque.

Ils ont ordre de m'ignorer, je ne prends
pas de coups.
Pas d'insultes
pour avoir drogué toute l'armée –
pas même un regard,
rien.

Je suis à nouveau transparent.
Le drôle.
Rien.

***

La nuit m'absorbe.

***

Tchak. Tchak. Tchak.

Je m'éveille brusquement.
On tire sur mes liens. Je suffoque, m'étouffe sur mon bâillon. Je tente de me défendre. Puis je vois. C'est Rody qui tranche mes liens. Il arrache mon bâillon.
Un doigt posé sur ses lèvres,
mon frère apparaît,
son visage bleu de nuit.
L'orange dansant des torches le découpe en contours. Il a un genou au sol, l'arc dans la main gauche.

Il me libère.

Je ne dis rien, je me lève, me frotte les poignets.

Ils sont là :
Chef
Tanneur
Rody
… *Nous ?*

Tanneur, hache à la main, surveille les alentours. Il a cette face butée qui se prépare au pire, mais il me fait un signe, coup de menton. « T'as vu ? » Oui, je vois. Dans le gris de la nuit, seules les druches se tiennent droites, les soldats de Gerfaut comme des ballons percés sont étalés au sol, vidés de toute vie.
Un carnage. Sans un bruit. Les balistes chargées semblent mortes elles aussi.

Chef surgit des ombres, me pose la main sur l'épaule :
– Maintenant, le drôle, va nous chercher cet œuf.

Sauvé du joug de Gerfaut,
pour retomber sous celui de Chef.
– Quoi ?
– L'œuf, le drôle ! C'est une occasion en or !
Je déglutis.

Non.
Non je ne vais pas…
Les mots ne viennent pas.

Et puis ça sort.
Froidement.
Sans panique.

– Non.

Chef lève les yeux au ciel. Il vient de tuer des hommes, et pas un cheveu de colère ne lui fait bouger l'œil, quand je lui réponds « non ». Il semble résigné.

Je suis un incorrigible gamin effronté.
– Il dort, ton dragon, Gerfaut l'a drogué. Merde, le drôle, ne sois pas con, tu préfères que ce soit moi qui y aille ?
Il me fourre une torche dans la main. Un instant, les flammes m'éblouissent et je plisse les yeux.
– Si Rody n'avait pas insisté, je t'aurais laissé là.
Il sort une lame de son fourreau.
– Rapporte-le-moi. Et si un foutu Pâle se fout devant toi quand tu reviens, plante-le.
Chef attrape mon bras, et pose dans ma paume

la dague,
la longue dague,
celle qui a planté
le garçon, dans l'auberge.

– C'est bon. T'es avec nous, le drôle.
Il serre mon poing autour du manche, l'entoure de ses doigts. Et il me fait un signe de connivence.
– Rody, tu l'accompagnes. Au cas où.
Rody s'avance vers la grotte.
Le frère qui vient de me libérer.

Mon cœur se serre.
Monte une colère qui me
déforme la face ;
je sens la rage qui m'envahit.

J'ouvre la bouche, puis

des flèches volent.
Ça claque dans la nuit.
Carreaux d'arbalètes.

Cris, course, épées luisantes dans les flammes.
Gerfaut qui charge, hurlante. Droit sur Chef. Bouclier sur l'épaule. D'autres arrivent de la droite. Une dizaine de soldats, capes blafardes qui fondent sur nous.
Cris de rage à la vue des morts.
Tanneur s'élance, fauche dans le premier rang.
Chef pare une lame, s'engloutit dans la mêlée. Tous dansent entre les torches. Silhouettes noires, membres

brasiers, Chef qui perce, injures qui volent, Tanneur qui brise un crâne sous sa cognée. Son rire explose dans l'air. Rody tout en reculant vers la grotte,

tire, tire, tire

dans le flou mouvant devant nous. Un soldat court sur nous. Épée et torche haute.
Un trait lui traverse l'œil.

Le corps tombe à mes pieds.
Rody tire encore.
Je m'élance vers la dragonne.
Jusqu'à m'enfoncer dans les ombres.
Il me suit.

Je trébuche dans l'antre, mon frère à mes côtés. Nous reculons, scrutant les silhouettes qui luttent à l'extérieur.
– Ils ne nous suivent pas, dis-je.
Rody ne commente pas. Arc bandé, il me fait signe d'aller vers le fond.
À pas silencieux, nous nous y coulons.
Je bute contre le casque souillé qui m'a servi de gamelle.
Je porte la torche haute.
La roche nous immerge. Rody respire fort. Je ne sais pas s'il a peur. Moi, une mélodie me vient.
Je fredonne dans ma tête.
J'avance.

Elle est endormie.
Elle semble
sereine.

Son souffle est lourd et lent.
Je suis rassuré de la voir vivante,
terrifié de la savoir droguée.
Comment pourra-t-elle se sauver ?

Je me tourne vers Rody.
Il est là, avec son arc, frappé par la vision de la masse devant lui. Et même si c'est lui, j'y vois comme une menace, dans ce lieu où seuls elle et moi pouvions entrer.

Elle est
vulnérable.

Je dis :
– Ils vont la tuer.
Les écailles se soulèvent, noires, luisantes. Je peux sentir le feu qui dort sous sa peau.
Rody secoue la tête :
– Tu es entré. Là, dans cette grotte. Et… elle ne dormait pas.
Ce n'est pas une question. Il peine à s'en convaincre. Il me fixe à présent, semblant prendre conscience de mon courage, ou de ma folie.
Je hausse les épaules.

Fais quelques pas.

Je me demande si…

Il est là.

Lisse
beau,
ovale,

l'œuf.

– Rody, on doit rester ici, Chef et Tanneur peuvent perdre. Ils vont se faire tuer. On doit la défendre. Si les Pâles entrent, tu tires.
Il secoue la tête. Me montre sa poignée de flèches.
– La générale veut l'œuf…
Je proteste :
– C'est ici qu'on doit rester, pour la protéger, elle et son œuf.
Il m'attrape le bras, sans forcer. Mais il me fait face, les yeux dans les yeux.

– Écoute bien. La dragonne, Gerfaut s'en fout. On emporte l'œuf, Gerfaut nous suivra. Chef a raison, c'est l'œuf qu'elle veut. Elle va te poursuivre, mettre ses hommes à notre recherche. Comme ça, tu sauves ta dragonne.
Je me mords les lèvres, je ne veux pas la laisser. Il me relâche, regarde vers l'entrée.
– Il faut faire vite. Pendant qu'ils se battent, on peut sortir.
Je n'ai plus le temps de réfléchir.
Sortir tant qu'ils se battent. Prendre l'œuf, c'est le soustraire à Chef, l'enlever à Gerfaut, pour l'instant. Ils chercheront tous l'œuf, Rody a raison.
Je passe par-dessus la lourde patte
marque un arrêt,
suis-je en train de la trahir ?
Non,
je la sauve,
je sauve ce bébé des griffes de Gerfaut,
et je la sauve, elle, je l'espère,
la dragonne, ma reine.

Les Pâles vont nous rechercher. Je me répète ces mots mentalement, plusieurs fois. C'est *nous* qu'ils vont chercher.

Et je sais où aller, dans ce taillis si dense qui sur l'île s'étend, là où poussent les champignons, s'entremêlent les racines. Dans cette jungle, Rody pourra tirer, je saurai me faufiler, me fondre, me cacher.
Alors,
je pose les mains
sur la coquille douce.
Je caresse sa surface
laisse une mélopée
s'échapper de ma gorge

et

comme je le caresse,
je ressens sa chaleur
prends conscience de sa taille
l'entoure de mes mains
et
le prends dans mes bras.

Enfin seulement j'entends Rody dire :
– Il faut y aller.
Et l'inquiétude dans sa voix me surprend. Il se met à courir. Je cours aussi, l'œuf dans mes bras, à demi haut comme moi, encombrant, et pourtant si léger. Il flotterait presque. À l'entrée de la grotte, nous nous arrêtons. Ça combat toujours, mais plus loin : Chef et Tanneur les ont entraînés dans les ombres,
j'entends les coups de hache qui enfoncent des écus,
un cri de souffrance, Gerfaut qui donne des ordres.
Personne ne surveille de notre côté. Rien que des soldats morts.
Je pars vers la forêt. Rody me suit, agile,
j'ai si peur pour l'œuf,
j'ai si peur pour la dragonne,
j'ai si peur pour moi,
mais je me sens si fort, avec Rody à mes côtés.
Il marche pour moi.
Marche-t-il pour Chef ?
Il se retourne. Bande son arc.
Nous arrivons entre les premiers troncs de l'essart entrelacé.
– Chef, dit-il soudain. Ils tiennent Chef.
Comment peut-il voir si loin, dans ce paquet d'ombres combattantes ? Il hésite à tirer, relâche la corde.
Il respire fort. Fait un pas vers eux. Bande l'arc de nouveau. Se retourne vers moi. Sous sa capuche, je ne distingue pas son visage, seulement ses yeux. Il me regarde.

Regarde vers Chef.
Vers ce combat
où il ferait la différence.

Moi et un œuf. Chef et Tanneur.
Fuir. Se battre.
Rody,
sans un mot, s'enfonce dans le bois. Je le suis, comme son ombre. Il ouvre la voie, écarte le rideau de brousse qui nous absorbe.
Je m'engage à sa suite, nous nous coulons entre les troncs et les ronces, dans ce sol de branches mortes qui se brisent sous nos pas. Et
très vite
derrière nous,
s'élancent les guerriers Pâles.
Points de torches clignotants entre les troncs noueux. Je lâche un juron entre les arbres. Rody s'agenouille. Il abandonne la torche contre une branche. Je cesse d'avancer.
– Tu fais quoi ? On ne verra plus rien.
Sans répondre, il bifurque vers la droite.
Je le suis. Il doit savoir ce qu'il fait. Il *faut* qu'il sache.

Nous nous frayons
un chemin tortueux
dans l'entrelacs serré
qui, comme de longs doigts
de fardoches filandreuses,
tente de nous happer.

Rody lève le poing, je connais ce signe, je m'arrête, pose une seconde le gros œuf, reprends mon souffle. Il bande son arc, m'indique de me baisser.
Il attend.
Vise notre torche.

Il tire.
Un cri.
Il reprend la course. Il avait raison, ils nous suivent. Gerfaut veut l'œuf, à tout prix.
Au prix,
s'il le faut,
de la vie de ses hommes.
A-t-elle vraiment vaincu Chef? Tanneur.
Sont-ils... morts ?

À couvert, nous courons. Rody décide du chemin, se faufile dans l'inextricable fourré, trébuche, contourne, change brusquement, s'arrête, écoute, observe. Reprend la course.
Je n'ai pas la moindre idée de la distance que nous avons parcourue. Le souffle me manque, je risque de faire tomber l'œuf. Mes bras sont douloureux de le porter, il me gêne pour avancer.

Rody bande son arc.
Me fait signe,
je me baisse.

– Là ! s'écrie un homme.
Une flèche le fait taire, mais il nous a vus. Rody m'agrippe l'épaule, nous retournons sur nos pas, bifurquons encore. Les soldats ont lâché leurs torches. Avec, ils sont trop visibles. Des cibles dans la nuit.
Nous courons, frayant dans les épines. Les feuillages nous protègent autant qu'ils nous contraignent.

Allons-nous, cette nuit,
nous faufiler, ainsi,
fuir, courir sans cesse
jusqu'à la dernière flèche ?

***

Traqués de cette façon,
alors que nous courons
dans la nuit aveugle
Rody m'agrippe d'un coup,
me retient par la manche,
sa main saisit une branche,
et nous tire en arrière.

Au même instant, mon pied s'enfonce dans le vide. Happé par sa grande bouche.

Je serre mes bras sur l'œuf
que j'ai failli lâcher,
et me penche en arrière,
m'adosse à mon frère.

Nous sommes sur la rive.
Alors nous reculons. Rody trace, s'enfonce de nouveau en longeant la bordure.

Comme j'entends des voix sur la droite, des murmures de soldats, je me baisse. Rody compte ses flèches. Je ne vois pas, mais il en reste peu. Trop peu.
Ça fouille dans les branches. À une portée de flèches.
Rody en encoche une. Ils avancent sans torches.
Il me semble distinguer le blanc d'une cape toute proche.
Rody bande son arc, le vise.
Un peu plus loin, j'entends d'autres pas. Il y en a deux !
Je me coule tant que je peux, couché autour de l'œuf.
Rody ne tire pas. S'il tire, il nous signale. S'il ne tire pas, ils peuvent nous trouver.
Des pas, encore plus près, ça fouette à coups d'épée, à une dizaine de pas. Rody se baisse encore, se colle à mes côtés.
Son visage et son souffle tout à côté du mien.
Ses doigts serrent la flèche, maintenant la corde tendue vers cette silhouette blanche qui s'avance sur nous. Quand

plus loin, au-delà du soldat, clame la voix de Gerfaut. Claire, furieuse, dans la nuit.
– Gamin, je tiens tes amis ! Tu m'entends, petit voleur ! Je vais les tuer !
Le soldat n'avance plus, il regarde vers la voix.
– Et toi, le tireur. Tu tires drôlement bien ! Mais nous sommes trop nombreux. Je te laisse une seule chance de sauver tes amis. Et de sauver ton frère. Je vous jure la vie sauve, à tous deux, si tu m'apportes l'œuf !

Gerfaut doit se tourner, pour parler dans l'autre sens, on entend moins sa voix, mangée par les feuillages. Le soldat fait un pas, puis un autre vers nous. Le bras de Rody tremble de garder position. Je décolle les mains de l'œuf de dragon, agrippe la dague de Chef. En cet instant, je sais

que je peux transpercer
enfoncer cette lame
dans le cœur du soldat
qui s'avance vers nous.

Des frôlements sur la droite.

Le soldat se retourne. Il parle, je ne sais pas ce qu'il dit. Il s'éloigne. Et je reprends mon souffle. Rody relâche son bras.

Nous attendons. Couchés.
Le drôle, l'archer et l'œuf.

Gerfaut, beaucoup plus loin, continue son discours. On ne l'entend pas bien.
Il n'y a plus qu'à attendre qu'ils disparaissent tous.
J'avale l'air humide.
Rody a fermé les yeux, il écoute les bruits de la nuit. Enserrés comme trois œufs dans ce nid de branches, nous nous tenons chaud.

Gerfaut, de rage de ne pas trouver l'œuf, va-t-elle plonger sa lame dans le cœur de la dragonne ?
La nuit devient humide. J'ai froid.
Rody veille, j'aimerais m'endormir.
Je chantonne pour l'œuf.

Les premières lueurs viennent me frôler les joues, je m'étire. Je pose l'œuf dans la mousse. Rody dort. Je le secoue, un doigt posé sur mes lèvres.

Nous sommes à deux pas du vide. Le vent souffle faiblement.

Je tourne la tête,
me rencogne immédiatement ;
un navire Pâle
longe l'île, lentement.

Cachés sous les branches,
Nous ne bougeons pas.

Une poignée de soldats accrochés au bastingage guette les abords. Le vaisseau flotte sa masse sur le vide, au rythme doux du vent qui lui gonfle les voiles.

Quand soudain je la vois.

Ma dragonne
est attachée,
sous
la poupe du navire.
Serrée contre la coque extérieure, tête pendante,
pattes et ailes liées,
par de gros cordages.

Ligotée comme une mouche par une gigantesque araignée.

Je me rue en avant pour aller la sauver, dents serrées à se rompre. Rody se jette sur moi, m'agrippe, me fait tomber, tente de me contenir, je griffe, je lutte ; il parvient, non sans peine, à m'enlacer si fort

que le souffle me manque.

Il me retient comme ça.
Assez longtemps pour que je me calme, reprenne mon souffle.
Et que mes larmes coulent sur ses doigts.

Il me relâche.

Faut-il que la folie me gagne, pour que mon frère m'enlace ?

Dans un souffle je dis :
– T'as vu.
Un hochement de tête.
– J'ai vu. Elle est dessous.
Mes doigts tremblent.
– On fait quoi ?
Du menton, il me désigne l'œuf.
– Gerfaut veut l'échanger.
Je me mords la lèvre.
L'œuf contre la dragonne.

Mais elle,
sans son œuf ? Sans son bébé ?

Je renifle. Le vaisseau passe.
Je détaille, crispé, ma grande chanteuse d'écailles, endormie, enchaînée sous le vaisseau, puis je lève les yeux et je discerne les hommes sur le pont.
Gerfaut, quelques soldats.

Et Chef et Tanneur, à genoux à ses pieds, mains dans le dos.

– Eh merde.
C'est Rody qui le dit.
J'ai dû faire trop de bruit. Ça s'active sur le navire. La voix de Gerfaut, dans son porte-voix de cuivre :
– Gamin ! Donne-moi cet œuf ou je coupe la corde !
Je tourne mon regard vers Rody. Il me chuchote.
– Si elle coupe la corde…
– … elle tombe.

Une baliste vise la bordure, pas directement sur nous. Ils ne savent pas où nous sommes avec exactitude. Rody, toujours accroupi, enfiche une flèche, tend l'arc, fait une grimace.
– Tu peux l'avoir de là ?
– Non.
Nous allons devoir nous approcher.
– Je n'ai pas envie de jouer, le drôle ! lance encore Gerfaut, je peux aussi trancher la gorge de ton « Chef » ! Tu m'entends, l'autre, l'archer ?
Rody murmure :
– Montre-toi avec l'œuf. Donne-le-lui, je la tue. On libère Chef.
– Et on libère la dragonne.

Rody me dévisage.

– Rody.
Je ne
donnerai pas
cet œuf
à Chef.

Il hoche la tête. C'est entendu. Il ne veut pas l'œuf, mais il veut sauver Chef et Tanneur.
– Je ne laisse pas Chef ici.
– Je ne laisse pas la dragonne.
Nos yeux se fixent. Nous acceptons.
– Tu restes derrière moi, je dis. Derrière l'œuf. Ils ne tireront pas.
Je n'ai pas mieux à lui proposer.

Je me lève. Mon cœur bat le tambour.
Je pose les mains sur la surface douce de l'œuf, le soulève.
J'avance vers le bord.
J'inspire un grand coup. C'est parti.

– Je viens avec l'œuf !
je crie.
Et ma voix de gamin
perce le vide
de son éclat.

Silence sur le navire. Je patauge dans les lianes et la mousse. Rody s'est faufilé à ma suite.
Parviendra-t-il à tuer Gerfaut ?
Ça y est, ils me voient. Ça donne des ordres, ça s'agite sur la voilure, les cordages. Le vaisseau se stabilise
dans le vide, sa coque géante
face à moi, minuscule.
Le géant de bois, de ballons et de fer, se tourne dans l'air, me présente son flanc. Et maintenant je vois les capuches blanches des arbalétriers. Ils me visent. Au moins douze, droit sur mon cœur.

Mais l'œuf, devant mon ventre,
me protège mieux qu'un bouclier.

Jamais Gerfaut ne prendra le risque de l'abîmer. Je fais un pas sur la bordure.
Je vois Gerfaut, debout près de Chef.
– Je veux une promesse ! je crie.

Sur tous les dieux des Pâles,
Sur le nom de ton Roi !
L'œuf contre la dragonne,
et la vie sauve de Chef et Tanneur !

Je suis suffisamment près pour voir, sur le visage de Chef, une forme d'étonnement.
Il est agenouillé, avec Tanneur, poings liés dans le dos. Un soldat derrière eux, longue lame au bout du bras. Rody, juste derrière moi, arc prêt.

La voix de Gerfaut traverse le vide :
– Sur mes Dieux,

Sur mon Honneur,
Sur mon Roi,
en échange de l'œuf
je jure de libérer la dragonne de ses liens,
et ces deux traîtres des leurs.

De l'aéronef des grappins sont lancés vers le bord. Ils agrippent les branches. Et comme les soldats tractent, le navire s'approche.

La dragonne bouge mollement, sous le navire. Est-elle consciente de ce qui lui arrive ?
Les cordes maintiennent ses ailes serrées le long du corps. Elle ne semble pas blessée. Elle pend, mollement, alourdit considérablement l'embarcation.

Lèvres à peine ouvertes,
je chantonne pour elle :

Réveille-toi,
réveille-toi,
ton œuf t'attend,
les hommes fous le veulent.
Tu dois le protéger,
je ne peux le faire seul.
Cherche au fond de ton ventre
le feu, brûlant,
qui les fera fuir,
tous.

Son cou
a-t-il bougé ?
M'a-t-elle entendu ?

Alors que le bateau s'approche et que Gerfaut est enfin à portée de tir, le soldat place sa lame sur le cou de Chef.
– Sang des dieux.
Si Rody tire,
Chef meurt.
Et dix carreaux viendront nous transpercer.

Une passerelle, long plat-bord de bois, glisse sur le bastingage, pour s'arrêter, à mes pieds. Je pose l'œuf, m'accroupis derrière lui et attache le lien du plat-bord à une branche.
Jette un œil à Rody. Arc en main, il évalue, tendu.
Il me fait un signe de tête.
Nous sommes fous, lui et moi.

J'hésite à avancer. Le vide sous mes pieds est une gorge sans fin qui voudrait me happer. Gerfaut, elle, le pas leste, s'engage sur la passerelle, à peine large d'une coudée.
Je fais un pas, un autre. Je n'ai jamais aimé jouer les funambules. Rody me suit de près. Il murmure dans mon dos :

– Rélan, je ne peux pas tuer le garde qui tient Chef d'ici.
Je fais encore un pas.
Il a raison, si je lui donne l'œuf ici, Gerfaut n'aura qu'à me pousser. Il faut se rapprocher.
Arrivée devant moi, la générale me toise, les yeux rivés sur l'œuf. Mi-furieuse, mi-victorieuse.
C'est un tableau curieux :

Mon face-à-face avec Gerfaut,
au-dessus du vide,
mon frère derrière moi,
les soldats qui nous visent,
Chef, mains dans le dos,
une lame sur la gorge,
Tanneur qui semble blessé,
sa tête qui dodeline.

Mille dieux, c'est ça mon plan ?
Elle prend l'œuf, Rody la tue ? On va se faire transpercer. C'est évident.
– Reculez, nous montons ! dis-je.
Gerfaut singe un geste d'invitation.
– Comme tu veux.

Elle recule d'un pas, se tourne et remonte.

Rody et moi la suivons.

Un pas,
un pas,
puis un autre.

Nous y sommes.

Je pose un coude sur le bastingage. Les yeux de Gerfaut m'empalent.
– Tu as ma parole. Donne-le-moi.
– Nous montons, ensuite je vous le donne.

Agacée, elle me laisse monter. Si elle ne tient pas parole, dès que j'aurai posé le pied, nous serons morts.

Rody me pousse pour m'aider, et que je ne lâche pas l'œuf.
Je pose un pied.
Mon frère saute à ma suite.
Aussitôt, mon cœur s'emballe.
Le sergent se tient au-dessus de la proue,
sa hache levée,
au-dessus de la corde,
qui maintient la dragonne.

Les soldats nous visent. Gerfaut tend les bras vers l'œuf.

Chef roule des yeux de fou.
– Bordel, les mômes ! Vous croyez qu'il va se passer quoi, quand vous aurez donné l'œuf.
Gerfaut se tourne vers Chef.
– Contrairement à vous, *mercenaires*, je n'ai qu'une parole. Je représente le Roi Pâle, ici. Je détache la dragonne, ainsi que vous deux, renégats.
Puis, de nouveau pour moi :
– Qu'on en finisse, gamin.
Je lui tends l'œuf.
Rody tend son arc.
Elle s'en saisit, fait un signe de tête au sergent.

Il lève sa hache.
Et d'un coup,
d'un seul,
il tranche
la corde,
qui retient la dragonne,
au-dessus
du
vide.

Elle tombe.

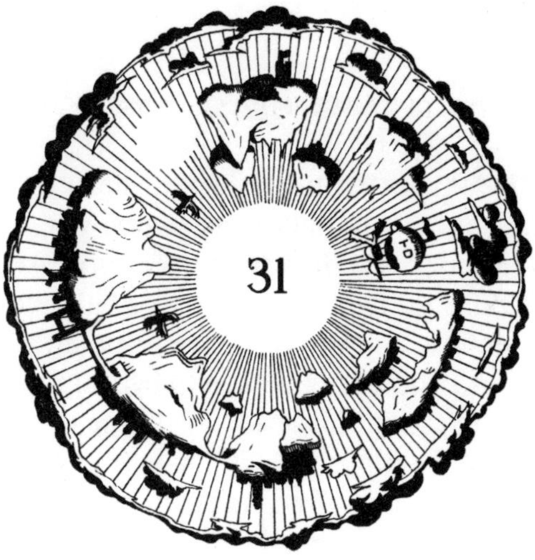

Je ne sais pas comment, mais
la dragonne,
se sentant tomber,
ouvre grand la gueule,
élance son cou,
et de sa formidable mâchoire,
AGRIPPE
la proue du navire.

T b
o a
u s
t c
u
l
e

Son poids colossal fait chavirer le navire vers l'avant.

Les hommes, cul par-dessus tête, lâchent leurs arbalètes, et je perçois Rody, qui, tombant, comme les autres, tire sa

flèche, touchant un soldat, celui qui menace Chef – l'homme s'effondre.
Je glisse, plaque mes mains sur le pont, agrippe la bordure. Un cri. Le soldat à la hache est happé par le vide. Un autre qui glissait parvient à saisir une corde, son arbalète tombe. Le pont du navire comme une balançoire gîte de biais vers le vide, et les hommes crient d'effroi.
Chef, les mains toujours liées, est adossé au mur du pont arrière, côté dragonne, et crie sur Tanneur pour qu'il le détache.
Je tourne la tête vers Rody. Il tangue, cramponné au mât. J'avise la dragonne, sa mâchoire qui broie les planches du pont. Ses pattes entortillées qui se débattent en vain, prises dans les cordages.

Dieux morts, elle va lâcher !

Je tire ma lame,
la dague,
celle que Chef m'a donnée.

Et je me
l
a
i
s
s
e

g
l
i
s
s
e
r

sur le pont en oblique
vers la gueule géante
et les fragments de planches.

Une impulsion des pieds,
j'attrape sa corne noire
et saute sur son dos.

Je m'agrippe aux cordages qui lui enserrent le corps et lui nouent les ailes.
Elle desserre la mâchoire.

Nous

t

o

m

b

o

n

s

dans

le

vide.

Tomber tomber tomber

à pleine vitesse dans l'air
qui semble me gifler

qui me fait suffoquer

alors que la dragonne
se débat,
secoue de toutes ses forces ses grandes ailes entravées.

Je n'ai pas lâché les cordages qui me maintiennent contre elle. Ni la dague. Je serre à m'en brûler les doigts.
En tombant, nous traversons les vents, perçons les couches d'embruns vers une mort certaine, dans le vide infini.
Je crie, et même le son se perd dans le ciel. Je lâche une main pour entailler les cordes, des cordages épais, plus encore que mes bras. Combien de crins encore ?

Nous passons une île basse. Trop vite – des débris de roches flottantes cognent les écailles de la dragonne comme des boulets de canon. Je tranche furieusement les crins, qui me cisaillent les mains. Combien ?
J'en ai eu la moitié, j'insiste, je taille furieusement et,
enfin,
la corde se coupe.

Une aile se libère,
et nous partons en vrille.
Vitesse et vertige infinis.

Je m'accroche,
enragé,
à
la seconde corde,
pas encore dénouée.

Jambes flottantes au vent
et
hurlant,
je l'entaille.
Je scie.
Frénésie
désespoir

de la mort infinie qui m'avale,
je scie la maudite corde,
l'ultime entrave
si c'est la dernière chose que je fais
avec la dague de Chef
avant de tomber
pour toujours.

Elle se libère enfin.
Et comme je tiens la corde,

qui ne retient plus rien

le vide m'avale.

La dragonne, alors,

ouvre ses corolles ailées

qui la portent
dans l'air,
la soulevant,
l'éloignant,
me l'arrachant.

★★★

Je

tombe

à

j

a

m

a

i

s

.

★★★

Retourné par le vent, je fixe le haut, mais au-dessus, je ne vois rien.
À nouveau retourné, j'écarte les bras. Cela semble me ralentir.

Je file dans le rien
visage fouetté aux vents
le rien toujours
voilà ce que j'étais
voilà qu'il me digère
le rien, le foutu rien
incommensurable.

Et puis
avec une rapidité fulgurante
une ombre me double :

ma dragonne
de tout son corps tendu
en un long plongeon
cherche l'équilibre
m'attrape

OUCH !

entre ses puissantes serres,

(le choc me coupe le souffle
même ma vision s'éteint)

puis elle allonge ses ailes
et trace une courbe souple
jusqu'à se redresser
planer
voler.

Nous sommes stabilisés.
Le temps se suspend
je flotte dans les airs,
enserré dans sa paume.
Et un rire clair m'échappe.
Elle m'a sauvé, je vole. Elle m'emporte. Comme une mélodie douce, qui ondule sur les vents.
Une danse entre les îles.

Puis soudain elle pousse un trille puissant, et remonte.
À grands coups d'ailes.
Le froid inonde ma poitrine à nouveau. Comme un sanglot, un rire.

Je suis une souris dans la serre d'un rapace, sanglé dans le cuir de sa patte arrière. Secoué. Je ne sens même plus l'air qui entre dans mes poumons. Mais j'entends mon cœur battre. Chaque coup d'aile nous pousse brutalement vers le haut, à la verticale. Je m'accroche à son pouce. Passe la tête dans le vide.

Elle donne tout,
tout ce qu'elle a
tout ce qu'elle peut.

Son bébé est là-haut.

Mais les entraves et la drogue l'ont fatiguée. Je sens qu'elle force. Que c'est dur. Je sens sa hargne et sa peur. Je veux chanter pour l'aider mais le souffle me manque. Comme je ne peux faire mieux, je fredonne.
Ce qui me sort du bec est une chanson de marche.

Allons, allons, compagnons de misère,
poussons ce baluchon vers de plus belles terres
vers les îles, les îles vertes.
Allons, donnons du pied, pour joindre ce foyer.

Alors
une coulée de lave m'éclot dans l'estomac, remonte par ma gorge, et je me vois cracher une salve de feu qui me ronge la bouche. Sa pulsion me traverse. Une image à venir s'imprime sur ma rétine : des silhouettes noircies, des hommes, des navires.

Son feu
dans le ciel
comme sa colère
qu'elle va leur offrir.

La rage l'aveugle.
Elle va les tuer. Tous.
Y compris

Rody.

Retenant mon cœur qui menace d'exploser,
je chante.
Doux comme une berceuse.
Je lui raconte, lui explique que les miens ne feront pas de mal à l'œuf.
Qu'il faut le reprendre, mais sans tuer.
Qu'il faut sauver mon frère,
venu à mon secours
et au sien
car c'est ce que font
les membres d'une famille.
Je lui offre l'image de mon saut dans le vide pour libérer ses liens, et de son plongeon vers moi, pour me sauver du vide.

Nous sommes un.
Allons-y.
Sauver ton œuf.
Sauver mon frère.

Nous.

À tire-d'aile.

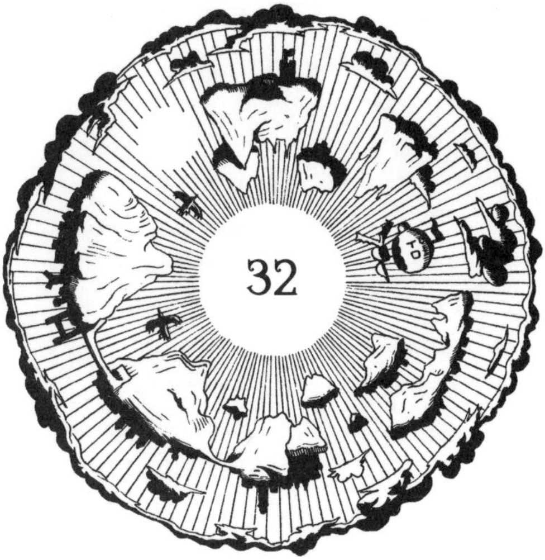

32

Je m'accroche à sa peau, aux écailles fines de ses doigts, couché dans sa paume. Je fais corps avec elle, elle vole, je vole, nous volons

je suis ses ailes,
je suis ses muscles qui poussent
je suis aussi son cœur meurtri

à qui l'on arrache l'enfant
je suis ses dents acérées,
qui vont déchirer, mordre,
déchirer les hommes
broyer les navires
et d'un feu dans la gorge
les tuer tous.

Je dois absolument la calmer.

Je libère ma voix, me détache de ses pensées pour tenter de lui offrir les miennes.

Tu y es presque
ton œuf
ton œuf est là
entre leurs mains d'acier
tu risques de le tuer
il est encore vivant
pose-moi sur le pont
effraie-les sans les mordre
ne brûle pas les hommes,
ton œuf risquerait
de brûler avec eux.

Je sens sa résistance ; des images de feu m'envahissent la tête, le goût du sang se mêle à ma salive. Sa patte se serre sur moi.
Puissantes, ses ailes nous portent au niveau des îles.
Nous sommes trop à l'est.
La dragonne bifurque, cherche la direction. Je la lui donne, du bras, et, sans qu'elle m'ait vu bouger, elle
suit mes indications
vole en force, remonte,
plonge en avant.

Je chante
je chante son enfant,
le dragonneau si tendre
si doux, fragile, boule chaude
et sensible
je chante comme l'enfant
cherche la peau de sa mère
comme j'ai peur ici,
de perdre mon grand frère
d'être seul
que mon cœur
s'arrache de ma poitrine
pour ne laisser qu'un vide.

Elle
hurle

elle
rugit.

La vibration m'arrache à moi aussi
un cri.

Je sais que tu as compris
que nous pouvons
que nous allons
les sauver.

Elle est bien au-dessus, elle plonge. J'agrippe mes mains à ses écailles, mais c'est inutile : elle me tient fermement. Elle passe devant notre grotte. Mille dieux, quelle vitesse ! Elle ouvre les ailes grand, pour freiner d'un coup et

me lâche,

sur le pont du navire.

POF. Mes pieds touchent le sol. Je chancelle.
Elle fait le tour, survole.

Trois silhouettes, sur le pont.

Rody, larmes chaudes accrochées à ses joues,
mains crispées sur son arc, souffle figé,
me contemple, stupéfait.

Chef tient Gerfaut à genoux à ses pieds.

Le fil de son glaive court
droit sur sa jugulaire.

Gerfaut, bras levés, me foudroie
de toute sa rage.

Je cherche l'œuf.

C'est Tanneur qui le garde serré entre ses jambes, près du bastingage. La hache pendue au bout du bras, le colosse semble blessé. L'empennage d'un carreau ressort de son flanc gauche. Il est blanc, raide, crispé. Il perd du sang.

Un rugissement terrible.
Lui fait lever les yeux.

Rody ne l'entend pas, il se lève, pantelant.
S'avance sur moi, toujours pleurant.
Et me serre.
Fort.
Contre lui.
Me broie les côtes.

Il bredouille :
– Rélan ! J'ai cru que t'étais mort.
– Moi aussi.
Je sens ses larmes, son cœur contre le mien.

– Mon petit frère.

Mon frère pleure, de peur pour moi.

Un cri puissant fait trembler le navire. La dragonne tourne au-dessus de nous.
– Merde, le drôle ! s'exclame Chef.
Je lâche Rody, je regarde l'œuf. Je dis :

– C'est son bébé.

Chef me regarde. Fait-il semblant de ne pas comprendre ?
Je fais un pas vers lui.
– Tanneur ! C'est son œuf, rends-le-lui. Ou elle va tout brûler.
Tanneur interroge Chef du regard. Chef tient le fil de sa lame sur la gorge de Gerfaut.
Chef rayonne, fou. Ses yeux en étincelles, il me crie :
– Mille dieux morts, le drôle, tu sais ce que ça vaut ?
– Plus que ton poids en or, Hark !
Et moi je te l'achète !
Chef semble hésiter. Ils n'ont rien compris.
– C'est son bébé, Chef ! Elle va te tuer ! Elle va tous nous tuer !
– Empêche-la ! beugle Chef. Elle t'obéit !

La dragonne rugit de nouveau. Passe dans les airs si près que le navire en tremble. Tanneur, qui garde l'œuf, frissonne de haut en bas.
– Merde, Chef, magne-toi !
– Elle ne m'obéit pas ! je crie, pleurant presque.
Ces fous vont nous faire tuer.
– Je l'ai aidée, elle m'a aidé.
Regardez-la, réfléchissez !!!
Même *vous*, vous tueriez pour votre petit.

Et comme pour illustrer mon sinistre présage, la dragonne lâche un trait de feu qui frôle la voile avant. Le souffle pousse le navire et sous mes chausses le pont dodeline.
Je trébuche, pose une main au sol.
Gerfaut profite de la perte d'équilibre de Chef pour le faucher à la jambe. Il bascule en arrière, elle se rue sur une épée tombée au sol.
Les lames se croisent, claquent.
Gerfaut est aussi rapide que Chef. Il marche sur elle, cogne de son glaive court, ne lâche pas l'attaque. Elle pare une fois, une seconde, recule, riposte d'un coup droit qui le force à se fendre.
Et la dragonne hurle au-dessus de leurs têtes.
Ses entrailles se gonflent, elle va cracher encore.

Rody m'attrape le bras.
– On s'en va.
– Pas sans l'œuf !
Je lui montre Tanneur. Accrochés au bastingage pour ne pas chuter, nous avançons vers lui.

Une longue flamme jaune embrase le grand mât. La dragonne est furieuse. Chanter ne sert à rien.

Le feu gronde et dévore le bois et les voiles, si fort et si près de nous que je rentre la tête. Lorsque j'atteins Tanneur, Chef crie :
– Dans la forêt, Tanneur ! Je tue cette furie, j'arrive !
Tanneur les contemple, hagard,
et croise mon regard.
Il se crispe sur sa hache.
– Il faut le lui donner.
– Fous-moi la paix, le drôle.
Mais le navire prend un choc – la dragonne, de tout son poids, vient de heurter la coque.

Nous
faisons
un
tour
complet.

Je m'accroche comme je peux.
– Tanneur ! La forêt ! hurle Chef.
Qui cogne à grandes ramées sur la lame de Gerfaut.
La générale encaisse, enfile une botte à droite, Chef repousse l'épée, mais une estafilade lui marque le menton.

La dragonne passe.
C'est moi qu'elle regarde.
Tanneur lève les yeux.
Chef crie :
– La forêt !
Tanneur secoue la tête. Puis il crache par terre. Il se redresse, bancal, ramasse l'œuf d'un bras, grimace. Il s'avance vers moi avec ses yeux de fou ; je crains un mauvais coup. Mais…

… il me colle l'œuf contre le ventre.

– Moi je m'en carre de ton lézard ! Qu'ils crèvent tous. C'est sans moi.
Gerfaut crie :
– Non !
Et fouette l'air devant Chef. Elle accourt, lame levée ; en quelques enjambées, elle est sur moi.
Une flèche lui transperce la main.
Rody.

L'œuf dans les bras,
l'œuf chaud, rouge, précieux,

je m'élance.

Vers le gaillard d'arrière,
contre le bastingage.
Je lève les bras bien haut.

L'œuf dans mes deux mains,
je pousse d'une voix claire
un cri de gamin
comme pour lancer du feu.

Ailes lourdes, elle approche. L'air me fouette, je ne vacille pas ; pieds écartés je me tiens debout au bord du vide, et son ombre m'englobe.

De ses terribles griffes
qui pourraient me trancher
comme un fruit,

elle saisit l'œuf.

Je frôle une dernière fois ces griffes qui m'ont porté,
ces écailles luisantes qui ont su m'envoûter.

Je croise son regard. Elle remplit le mien.

Et le vent nous sépare.

Je ris.
Chef beugle.
Gerfaut aussi.

La dragonne passe plusieurs fois,
au-dessus du vaisseau en flammes.
C'est bien moi qu'elle regarde.

Elle crache un filet de flamme
long comme le navire
libre comme mon rire
vers les cieux.

De rien
de rien la grande,
tu m'as offert
bien plus que je saurais
te donner,
cache-toi loin,
loin de ces fous,
loin de leurs guerres.

Ne m'oublie pas.

Je l'ai chanté dans ma tête. Mais je sais qu'elle m'entend.
Car mes yeux voient ces monts, morceaux d'îles escarpées,
où volent mille dragons.

Elle s'éloigne. L'œuf dans sa patte.
Je crois que je pleure.

Je me tourne vers eux.

Rody
Chef
Tanneur
Gerfaut

Je redescends les marches.

Tanneur, une main rouge sur le ventre, qui se marre nerveusement :
– T'es con le drôle,
c'est qu'un œuf.

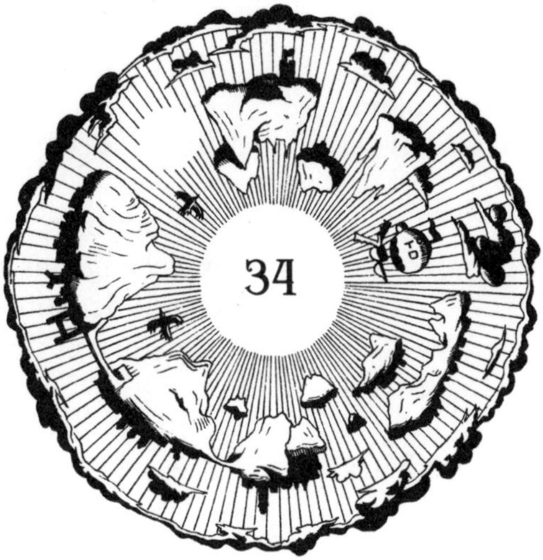

Les soldats qui le peuvent, bien que les traits tirés par une nuit passée à vomir, nous déposent des vivres.
Chef menace Gerfaut, bâillonnée et sanglée. Les Pâles obéissent.

Quand arrive Gargote, portant un sac de vivres, je fais un pas vers lui.
– Gargote, je…
– Ça sert à rien, p'tiot.
Voûté sous le poids du sac, il me rend un regard, chargé de rancune.
Je voudrais lui dire, mais les mots ne viennent pas.
– J'ai pas voulu. C'était…
– Du poison. Voilà ce que c'était. Moi, je t'ai fait confiance.
– Ce n'était pas contre toi.
Il hausse les épaules, se retourne, s'en va. Il ne me doit rien.
– Laisse cet imbécile. Tu perds ton temps, le drôle, me dit Chef.
Je ne l'écoute pas, je cours une seconde, contourne le cuisinier, me plante devant lui.

– Je veux te dire merci.

Il s'arrête. Il serre les dents. Je veux qu'il m'entende :

– C'était bien la maïence.

Ses yeux descendent sur moi. Nous échangeons un regard.

Le mien qui demande pardon.

Le sien chargé de rancœur.

Je le dis une fois encore.

– C'était bien.

Il repart. Vers les Pâles.

***

Le navire disparaît au loin, chargé de tous les guerriers Pâles.

Ils ont laissé Gerfaut, contre leur gré, furieux. La courte lame de Chef, qui menaçait sa gorge, les a fait obéir. Ils ont chargé leurs blessés, leurs mourants, dans le second vaisseau.

Ils sont partis sans armes.

Les coffres de Gerfaut sont là, aux pieds de Chef.

Mais ils vont revenir, fouiller dans les parages. Évidemment.

Je ne sais quel est son plan,
je ne sais comment il compte s'y prendre
pour emporter tout ça.
À vrai dire je m'en moque.

Quelques minutes passent.

Nous voyons le vaisseau se perdre dans le ciel.

Maintenant nous voici devant la grotte vide, Gerfaut, mains liées, sans ses hommes, sans son œuf, sans sa victoire rêvée. Sans dragon à monter.

Chef n'a d'yeux que pour la générale.
Même s'il n'a pas eu l'œuf, il savoure sa victoire, sa revanche sur les Pâles. Se remémore peut-être sa lointaine défaite sur les îles Tharphages.

Tanneur, lui, serre les dents, assis sur l'un des coffres. Il respire fort, une main sur la blessure qui lui rougit le ventre.
Rody touille le brasero avec une tête de flèche. Il regarde Tanneur, sort la pointe brûlante.
– Prêt ?
– Un peu que je suis prêt. Tu me prends pour une chiffe ?
Je détourne les yeux quand Rody pose le fer rouge sur la plaie. Mais j'entends le grésillement. Un « humph » retenu, bouche fermée. Et puis je sens l'odeur. Jamais viande grillée ne m'a donné si peu faim.

J'apporte de l'eau. J'en verse sur la plaie.
Il respire à grands traits.
– Saloperies d'arbalètes. Armes de poltrons.
Rody bande la plaie, linge imbibé d'alcool.
– Ayé, souffle Tanneur.
Un filet de bave lui coule sur le menton.
– Je ne les vois plus, les Pâluches. Chef. On fait quoi ?

Il ne répond pas.
Il a un truc à régler.
Avec moi.

– Maintenant qu'ils ne sont plus là, faut voir ce qu'on fait d'elle… dit encore Tanneur.
Il désigne Gerfaut.
Chef répond.
– Pour elle, j'ai mon idée, sous forme de rançon. Non, la question, c'est ce qu'on fait de *toi*, le drôle.

Je me lève.
– Vous n'avez rien à faire de moi : je pars… loin de toi. Chef.
Tanneur crache, comme pour marquer le mépris pour mon choix. Chef secoue la tête, je sais la colère qui lui monte au nez.
– Et qui va m'empêcher de te coller la rouste que tu mérites ?
– Moi.
C'est Rody, qui a parlé.
Et Chef qui fronçait les sourcils, change d'expression. Il se tourne vers l'archer.
– Merde, Rody.
Il semble hésiter, opte pour une pirouette :
– Pour une fois qu'on va voir de l'argent nous couler dans les poches, tu quittes mon service ?
Et Rody d'acquiescer. Il sourit lui aussi. En silence.

C'est le dernier mot que nous avons pour eux, avant de ramasser notre maigre barda.
Quand je passe devant Gerfaut, elle dit :
– Tu es content de toi ? Tu as gagné, gamin.
Je la regarde.
Droit dans les yeux.
Ces yeux de givre bleus qui m'ont tant menacé. Même les mains attachées, le visage crasseux, elle continue de m'effrayer. Cet air impitoyable.
– C'est quoi, une Kyanole ? je demande.
Sourire bref.
– « De grands dragons noirs d'encre,
qui crachent l'incendie,
les Kyanoles savent fendre,
les murmures de la nuit. »

J'attends, intrigué.
– C'est un poème, gamin, du Porse ancien. Jadis, ces guerriers fous chevauchaient les dragons.

Son regard perce le mien.
– J'aurais pu t'en apprendre si tu m'avais suivie.
Je recule d'un pas, me redresse bien droit.
– Je n'ai pas gagné, je dis. C'est Elle qui a gagné.
– Tu ne me diras pas comment tu as fait ? Comment tu es entré sans qu'elle te dévore ?
Je passe la langue sur mes lèvres.
Peut-être que je lui dois ça ?
Mais je décide que non.
– Je suis entré en paix.

Elle ne me répond pas.

Comme je replie mon baluchon, je vois Rody serrer la main de Chef, serrer la main de Tanneur. Et puis il me rejoint.

Nous traversons le pont.

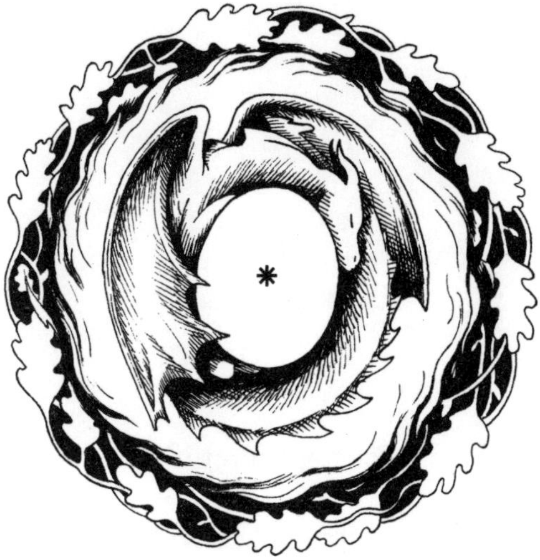

Je marche quelque part, sur les chemins des hommes, un frère à mes côtés,

mon frère.

Je chantonne, il se tait. J'apprécie son silence, sans lui chercher un sens. Je ne me soucie pas qu'il apprécie mon chant. Je le sais.

Sur la hanche, ma besace, encore bleue de poison, qui contient un gros livre, aux pages colorées de dragons mystérieux.
Je l'ai volé ce livre, et je ne m'en veux pas.

Je chante
les liens que j'ai tranchés
ceux que j'ai su créer.

Quelque part, ailleurs entre des montagnes décharnées, loin des chemins des hommes, et loin de toute route,
une coquille se brise.

Je suis trop loin sans doute, pour entendre le chant de celle qui l'encourage à briser la coquille

à l'enfoncer

de sa petite corne

jusqu'à sortir la tête

pour enfin renifler

toucher sentir frôler

cette voix pure et chaude

qui l'a tant espéré.

Remerciements

À Dany, Arsène,
semeurs de graines de drôles créatifs,
et Fanfan et Manue, mes « Rody » jamais silencieux,
Liam Théo Anna Thoma, Amy Bernard, Michel Yvette,
et Line, Anne-Laure et tous, trop nombreux pour que je les nomme ici, j'aimerais dire combien c'est bon, une famille.

À Fab, avec qui, minots, on gribouillait des lignes, dans un vieil internat, rêvant de faire de grands romans en lisant des Brussolo. Et Lucie, Charlie, Frank, la team des îles glacées.
À Nico, Jo, Abel, Sasha, des îles hardcores charentaises.
Et Nico, Aurore, Malo, Robin et la petite sœur dans l'œuf, les pirates du canoë.
Momol, batteur couleuvrinier, Murielle, Arthur, Ellioth, Kaya !
Béa, David, Samuel. Et Alex. Et Sarah,
et tous.
J'aimerais dire combien il est bon d'avoir des amis.

Olivier, Cécile, Romain, Julien, tous les autres, charpentiers-couvreurs sur les îles poitevines. Scop go on !

Les amis auteurs/trices d'Émergence 2018. Frédéric qui a bêta corrigé une V3 balbutiante. On a bien fait de ramasser la feuille pliée près de cette tirelire cassée, non ?

Un clin d'œil malicieux à Hélène, qui aura eu un œil attentif sur la naissance de ce roman.

Surtout,
et avant tout.
À Cécile, Victor, Gaspard (Kiki, Olive et les Poules aussi, un peu),
qui doivent composer avec un Amoureux/Papa qui rêve de dragons,
de magie, de gobelins. Je vous aime.
Les mamans dragons qui dansent sous ma peau, c'est vous.

Ma toute dernière pelletée de remerciements va à Julia et Tibo.
Merci d'avoir aimé ces premiers mots.
Julia tu y as cru, puis permis, accompagné, encouragé, donné les armes
pour que je sache polir, la moindre facette, jusqu'à ce que ça brille.
De tout mon cœur, merci.

Merci à toi, lecteur, lectrice.
Les dragons existent.
Continue de chanter.

À découvrir aussi
DANS LA COLLECTION EXPRIM'

Fanny ABADIE, *Les Insoumis du blizzard*
Philippe ARNAUD, *Indomptables*
Philippe ARNAUD, *La Peau d'un autre*
Philippe ARNAUD, *Jungle park*
Philippe ARNAUD, *La Proie*
Philippe ARNAUD, *Terre promise*
Rolland AUDA, *L'Équipée volage*
Rolland AUDA, *Le Dévastateur*
Rolland AUDA, *Le Gouffre*
Anne-Gaëlle BALPE, *La Boîte*
Clémentine BEAUVAIS, *La Pouilleuse*
Clémentine BEAUVAIS, *Comme des images*
Clémentine BEAUVAIS, *Les Petites Reines*
Clémentine BEAUVAIS, *Songe à la douceur*
Clémentine BEAUVAIS, *Brexit romance*
Clémentine BEAUVAIS, *Âge tendre*
Aurélie BENATTAR, *Luna Viva - Le Tournoi des Voyantes*
Sabrina BENSALAH, *Vers le bleu*
Sabrina BENSALAH, *Appuyez sur Étoile*
Sabrina BENSALAH, *Diabolo fraise*
Estelle BILLON-SPAGNOL, *Amour, vengeance & tentes Quechua*
Estelle BILLON-SPAGNOL, *Y a pas que la vie*
Jérôme BOURGINE, *Bras de fer*
Jérôme BOURGINE, *Le Voyage impossible*
Jérôme BOURGINE, *Toute la vie*
Alexis BROCAS, *La mort, j'adore ! - Saison 1*
Alexis BROCAS, *La Honte de la Galaxie*
Marion BRUNET, *Frangine*
Marion BRUNET, *La Gueule du loup*
Marion BRUNET, *Dans le désordre*
Thomas CARRERAS, *100 000 canards par un doux soir d'orage*
Thomas CARRERAS, *50 cents*
Axl CENDRES, *Aimez-moi maintenant*
Axl CENDRES, *Échecs et but !*
Axl CENDRES, *Mes idées folles*
Axl CENDRES, *La Drôle de vie de Bibow Bradley*
Axl CENDRES, *Dysfonctionnelle*
Axl CENDRES, *Cœur battant*
Élodie CHAN, *Et dans nos cœurs, un incendie*

À découvrir aussi
DANS LA COLLECTION EXPRIM'

Émilie CHAZERAND, *La Fourmi rouge*
Émilie CHAZERAND, *Falalalala*
Émilie CHAZERAND, *Annie au milieu*
Stephen CHBOSKY, *Le Monde de Charlie*
Emmanuelle COSSO, *Passé minuit*
Antoine DOLE, *Je reviens de mourir*
Samira EL AYACHI, *La Vie rêvée de Mademoiselle S.*
Gaspard FLAMANT, *Shorba - L'appel de la révolte*
Gaspard FLAMANT, *Justice sauvage*
Célia GARINO, *Les Enfants des Feuillantines*
Mélanie GEORGELIN, *Soleil jusqu'à la fin*
Chrysostome GOURIO, *La Brigade des chasseurs d'ombres - Wendigo*
Flo JALLIER, *Les Déchaînés*
Flo JALLIER, *Mon plus grand combat*
Hamid JEMAÏ, *2 jours pour faire des thunes*
Hamid JEMAÏ, *Dans la peau d'un youv*
Julia KINO, *Adieu la chair*
Lucie LAND, *Gadji !*
Lucie LAND, *Good Morning, Mr Paprika !*
Boris LANNEAU, *Sur la tête de l'amour*
Boris LANNEAU, *La Fille de la ville*
Loïc LE PALLEC, *No man's land*
Loïc LE PALLEC, *Fréquence Oregon*
H. LENOIR, *Félicratie*
Bruno LONCHAMPT, *Bloc de haine*
Bruno LONCHAMPT, *Les Évadés du bocal*
Bruno LONCHAMPT, *Mon vieux*
François-Guillaume LORRAIN, *Le garçon qui courait*
Karim MADANI, *Le "journal infirme" de Clara Muller*
Karim MADANI, *Hip-hop connexion*
Aylin MANÇO, *Ogresse*
Benoît MINVILLE, *Je suis sa fille*
Benoît MINVILLE, *Les Géants*
Benoît MINVILLE, *Les Belles Vies*
Benoît MINVILLE, *Héros Livre 1/2 : Le réveil*
Benoît MINVILLE, *Héros Livre 2/2 : Générations*
Benoît MINVILLE, *Mauvaises Graines*
Vincent MONDIOT, *Tifenn : 1 - Punk : 0*
Anne MULPAS, *La Fille du papillon*

À découvrir aussi
DANS LA COLLECTION EXPRIM'

Lorris MURAIL, *Rien ni personne*
Martine POUCHAIN, *Chevalier B.*
Martine POUCHAIN, *Traverser la nuit*
Martine POUCHAIN, *La Ballade de Sean Hopper*
Martine POUCHAIN, *Zelda la rouge*
Martine POUCHAIN, *Dylan Dubois*
Martine POUCHAIN, *Gloria*
Martine POUCHAIN, *Sous-Sol*
Claire RENAUD, *Les Quatre Gars*
Claire RENAUD, *Une fille de perdue, c'est... une fille de perdue*
Stéphanie RICHARD, *Jeux jaloux*
Joanne RICHOUX, *Marquise*
Joanne RICHOUX, *Les Collisions*
Joanne RICHOUX, *Toffee Darling*
Cécile ROUMIGUIÈRE, *Les Fragiles*
Insa SANÉ, *Sarcelles-Dakar*
Insa SANÉ, *Daddy est mort (retour à Sarcelles)*
Insa SANÉ, *Gueule de bois*
Insa SANÉ, *Du plomb dans le crâne*
Insa SANÉ, *Tu seras partout chez toi*
Insa SANÉ, *Les Cancres de Rousseau*
Anne SCHMAUCH, *La Sauvageonne*
Anne SCHMAUCH, *Gorilla Girl*
Edgar SEKLOKA, *Adulte à présent*
Edgar SEKLOKA, *Coffee*
Jean-François SÉNÉCHAL, *Imbécile Heureux*
Julia THÉVENOT, *Bordeterre*
Julia THÉVENOT, *Lettre à toi qui m'aimes*
Marine VEITH, *Ceux qui traversent la mer reviennent toujours à pied*
Marie VERMANDE-LHERM, *London Panic !*
Thibault VERMOT, *Colorado train*
Thibault VERMOT, *Fraternidad*
Thibault VERMOT, *La Course dans les nuages*
Séverine VIDAL, *Quelqu'un qu'on aime*
Séverine VIDAL, *Des astres*
Vincent VILLEMINOT, *Samedi 14 novembre*

Directeur de publication : Frédéric Lavabre
Collection créée par Tibo Bérard
Collection dirigée par Julia Robert-Thévenot
Maquettistes : Noémie Deslot, Morgane Flodrops
Conception de couverture : Morgane Flodrops
Illustrations intérieures : Tom Aureille

Achevé d'imprimer en mars 2022
sur les presses de l'imprimerie Grafica Veneta
N° d'édition : 0142
Dépôt légal : 1er semestre 2022
ISBN : 978-2-37731-723-3

Imprimé en Italie